新编学生国学丛书

陶渊明诗

傅东华　选注
王莞菁　校订

中国文史出版社

图书在版编目(CIP)数据

陶渊明诗/傅东华选注;王莞青校订.——北京:中国文史出版社,2019.11

(新编学生国学丛书/缪天绶等主编)

ISBN 978-7-5205-1820-8

Ⅰ.①陶… Ⅱ.①傅… ②王… Ⅲ.①古典诗歌-诗集-中国-东晋时代 Ⅳ.①I222.737.2

中国版本图书馆CIP数据核字(2019)第278206号

责任编辑:金 硕

出版发行:**中国文史出版社**

社 址:北京市海淀区西八里庄路69号院 邮 编:100142

电 话:010-81136606 81136602 81136603 81136605(发行部)

传 真:010-81136655

印 厂:北京温林源印刷有限公司

经 销:全国新华书店

开 本:880mm×1230mm 1/32

印 张:3.875

字 数:82千字

版 次:2020年2月北京第1版

印 次:2020年2月第1次印刷

定 价:16.80元

总　　序

冯天瑜

作为汉字古典词，“国学”本谓周朝设于王城及诸侯国都的贵族学校，以与地方性、基层性的“乡校”“私学”相对应。隋唐以降实行科举制，朝廷设“国子监”，又称“国子学”，简称“国学”，有朝廷主持的国家学术之意。

时至近代，随着西学东渐的展开，与来自西洋的“西学”相比配，在汉字文化圈又有特指本国固有学术文化的“国学”一名出现。如江户幕府时期（1601—1867）的日本人，自18世纪起，把流行的学问归为三类：汉学（从中国传入）、兰学（从欧美传入，19世纪扩称洋学）、国学（从《古事记》《日本书纪》发展而来的日本固有学术）。19世纪末、20世纪初，中国留日学生与入日政治流亡者，以及活动于上海等地的学人，采借日本已经沿用百余年的“国学”一名，用指中国固有的学术文化。1902年梁启超（1873—1929）撰文，以“国学”与“外学”对应，强调二者的互动共济，梁氏曰：“今日欲使外学之真精神普及于祖国，则当转输之任者，必邃于国学，然后能收其效。”（《论中国学术思想变迁之大势》）1905年国粹派在上海创办《国粹学报》，公示“发明国学，保存国粹”宗旨。这里的“国学”意为“国粹之学”。该刊发表章太炎（1869—1936）、刘师培（1884—1920）、陈去病（1874—1933）等人的经学、史学、诸子学、文字训诂方面文章，以资激励汉人的民族精神与文化自信。从此，中国人开始在“中国固有学术文化”意义上使用“国学”一词，为“国故之学”的简称。所谓“国故”，指中国传统的学术文化之故实，此前清人多有用例，如魏源（1794—1857）认为，学者不应迷恋词章，学问要从“讨朝章、讨国故始”（《圣武记》卷一一），这“讨国故”的学问，也就是后来所谓之国学。

经清末民初诸学者（章太炎、梁启超、罗振玉、王国维、刘师培、黄侃、陈寅恪等）阐发和研究，国学所涉领域大定为：小学、经学、史学、诸子、文学，约与现代人文学的文、史、哲相当而又加以综汇，突现了中国固有学术整体性特征，可与现代学校的分科教学相得益彰、彼此促进，故自 20 世纪初叶以来，“国学”在中国于起伏跌宕间运行百年，多以偏师出现，而时下又恰逢勃兴之际。

中国学术素有“文、史、哲不分家”的传统，中国学术的优势与缺陷皆与此传统相关。百年来的中国学校教育仿效近代西方学术体制，高度分科化，利弊互见。其利是促进分科之学的发展，其弊是强为分割知识。为克服破碎大道之弊，有人主张打通文、史、哲壁垒，于是便有综汇中国人文学的“国学”之创设，并编纂教材，进于学校教育、家庭教育、社会教育，其先导性教材结集，为 20 世纪 20 年代至 30 年代原商务印书馆由王云五策划并担任主编的《万有文库》之子系《学生国学文库》。所收均为四部重要著作。略举大凡：经部如诗、礼、春秋，史部如史、汉、五代，子部如庄、孟、荀、韩，并皆刊入；文辞则上溯汉、魏，下迄近代，诗歌则陶、谢、李、杜，均有单本，词则多采五代、两宋。丛书凡 60 册，已然囊括了“国学”之精粹。其鲜明之特色是选注者掺入了对原著的体味，经史诸书选辑各篇，以表见其书、其作家之思想精神、文学技术、历史脉络者为准。其无关宏旨者，概从删削、剔抉。选注者中不乏叶圣陶、茅盾、邹韬奋、傅东华这样的学界翘楚。他们对传统国学了然于胸，于选注自然是举重若轻，驾轻就熟。这样一份业经选注者消化、反刍的国学精神食粮自然更便于国学入门者吸收。

这样一套曾在 20 世纪初在传播传统文化、普及国学知识方面起到重要的作用的丛书即便今天来看也是历久弥新。中国文史出版社因应时势，邀约深谙国学之行家里手于原辑适当删减、合并、校勘，以 30 册 300 余万言，易名《新编学生国学丛书》呈献当今学子。诸书均分段落，作标点，繁难字加注音，以便省览。诸书原均有注释，古籍异释纷如，原已采其较长者，现做适当取舍、增删。诸书较为繁难、多音多义之字，均注现代汉语拼音，以便讽颂。诸书卷首，均有选注者序，述作者生平、本书概要、参考书举要等，凡所以示读者研究门径者，不厌其详，现一仍其旧。

这样一套入门的国学读物，读者苟能熟读而较之，冥默而求之，国学之精要自然神会。

是为序。

校订说明

丛书原名《学生国学文库》，为20世纪二三十年代商务印书馆王云五主编《万有文库》之子系，现易名《新编学生国学丛书》，奉献给广大国学爱好者。

原丛书共60种，考虑到难易程度、四部平衡、篇幅等因素，在广泛征求专家意见基础上，现删减为34种30册。

基本保留了原书的篇章结构。因应时势有极少量的删节。

原文部分，均选用通用、权威版本全文校核，参以校订者己见做了必要的校核和改订。为阅读的通顺、便利，未一一标注版本出处。

注释根据原文的结构分别采用段后注、文后注，以便读者省览。原注作了适当增删，基本上保持原文字风格，之乎者也等虚词适当剔除，增删力求通畅、易懂，避免枝蔓。典实、注引做了力所能及的查证，但因才学的有限疏漏可能在所难免。

原书为繁体竖排，现转简体横排。简化按通行规则，但考虑到作为国学读物，普及小学知识亦在情理之中，故而保留了少量通假字、繁体字、异体字，一般都出注说明。或许亦可增加读者的阅读兴趣和扩大知识面。

生僻、多音字作相应注音，原反切、同音、魏妥玛注音，均统一改现代汉语拼音。

国学读物校订，工作浩繁，往往顾此失彼，多有不当处，还望读者指正。

凡 例

一、本编所选均五言，四言不录。五言经各家证明伪作者不录；可疑者不录；意义隐晦者不录。一题不止一首者均全录；唯《杂诗》十二首仅录八首。

二、本编旧注所依据者为《四库全书》抄本《陶渊明集》，汤汉注本，毛晋汲古阁本，吴瞻泰《陶诗汇注》，温汝能《陶诗汇评》，及《十八家诗钞》之四家注。新注重诂义，典实亦间有补考。

三、各本字句互异者不主一本，唯择最安者从之，编中不复注明从何本。

四、原集次序甚乱，本编依新撰年谱重为排次，俾读者一览而知作品气性之变迁。其不能考定年岁者，按本诗之气性顺次之。咏史各章，《读山海经》十三首，及《桃花源诗》，《形影神》三首，均不能考定何年所作，本编作为附载，列诸编末。

绪　言

“此中有真意，欲辩已忘言。”①这两句诗虽是作者写他自己对于自然和人生的洞见，却仿佛是预先代我们后世的读者说的。我们苟不跟中国文学太隔膜，那末就单看见“渊明”“元亮”“陶令”“靖节先生”这几个名字，便要联想到酒，联想到菊花，联想到一种特调的高风亮节了。我们读他的诗，常得着一种浑然的美的印象，但觉有一种真淳的风趣沁入我们的脾肺。你若想去批评它，分析它，总觉得无从批评起，分析起。这正是真艺术的特色。凡是真艺术，都是不容分析的。

但我们若果把他的作品细细咀嚼一下，也未尝不可略略知道他的生平，窥见他的人生观，并明白他的艺术所以不朽之故。

陶渊明生于公元 365 年，卒于 427 年，正当晋宋易代，天下骚然之际。他的生地柴桑，南望匡庐，为中国最大名胜之一，北襟大江，东吸鄱阳湖，山水之秀，俱不缺乏。

他的生平事迹很是简单，我们可以将它粗粗分做三段：第一段是他“投耒学仕”以前的少年时代。我们晓得他虽是累代簪缨②，却全不像一个宦家子弟。他从小便须自耕而食，丝毫叨不着祖上为官的一点光；从知他的祖先的人格，必定非常高尚，而他的遗传的天性，也必定极其纯洁的了。

关于他少年时代的生活，史上都无记载，但我们看他诗里，一则曰“弱年逢家乏”③，再则曰“畴昔苦长饥”④，可见他少时的境遇是很困苦的。又看他说：“忆我少壮时，无乐自欣豫。猛志逸四海，骞翮思远翥。”⑤又说：“少时壮且厉，抚剑独行游。”⑥则可见他当时颇有一种意志飞扬不可一世之概。故彼时他虽已识得“秉耒力时务”之“多所欣”⑦，却也未尝没有用世之意，只无如“求之靡途”⑧，徒有“顾盼莫谁知”⑨的感慨罢了。

从二十九岁为州祭酒到四十一岁赋“归去来兮”永归田园，这十三年的生活，是他自己所谓“误落尘网中”⑩的生活，便是他一生的第二时期。在此期内，他尝了好几次做官的滋味，却是愈尝愈觉恶劣，结果，只使他和田园的感情一天浓厚一天。

他既尝过为州祭酒时“不堪州职”⑪的况味，所以始作镇军参军时，便已存一个“暂与园田疏……终返班生庐”的念头。又说“勉励从兹役……终怀在归舟”⑫，“投冠旋旧庐，不为好爵萦”⑬。可见他这种做官，实在是一百二十分的不耐烦。及至后来丧母丧妹，连遭变故⑭，于是毅然决然地断了做官的念头；这在他那《归去来兮辞》的序里写得很明白，读者自能见到，无须累赘了。

他既有过这番经验，以后就再不敢领教做官的滋味，故终其身不复出仕，这就构成他一生的第三时期。但是这一期间又可分为两段：第一段是他初归田园的几年，其时因“久在樊笼里，复得返自然”[15]，正如羁鸟归林，得其所哉，日得与一二素心人“过门更相呼，有酒斟酌之”，“奇文共欣赏，疑义相与析”[16]。真是说不出的消遥自在；但到第二段——即五十四五以后，一来景况日非，不但买不起酒，甚至须向人乞食，二来目击朝代更易，虽则他胸襟旷达，未必计较你姓司马的或姓刘的做皇帝，但看当时杀人放火的残暴行为层见叠出，总不免心中有点感忿，因而所唱的尽是楚调了。好在他对于“有生必有死”[17]的道理，素常参透，所以临死时候，还能好整以暇地做了三首《挽歌》和一篇《自祭文》，然而我们读他的“荒草何茫茫？白杨亦萧萧！严霜九月中，送我出远郊”[18]几句，也已感着无限悲凉了。

陶渊明的诗，全都涵泳在一个“自然”里面。他的作品可描写的是自然的两个方面：一是自然的静态；一是自然的动态。他对于这两个方面都有一种深澈的洞见，所以从静态说时，他写春初，便说得出“鸟哢欢新节，泠风送余善”[19]。写深秋，便说得出“清气澄余滓，杳然天界高”[20]。写冬雪，便说得出“倾耳无希声，在目皓已洁”[21]。

这都是千古不朽的名句，决非对于自然界没有真正洞见的人说得出来的。

他所以代表自然的动态的，就是诗中常见的所谓“运”，所谓“化”，所谓“大化”“迁化”“大钧”等等名词。大概这些观念，都是从列子哲学得来的。他基于他的

“大钧无私力，万物自森著”[22]的宇宙观，以构成他的“委运”“凭化”的人生观。但他却不是那种放浪形骸之外的颓废派，所以他到五十多岁，还仍旧能够“贫居依稼穑，勠力东林隈。不言春作苦，常恐负所怀”[23]。

他又不是那种讲究清净寂灭的出世派，所以当那净土宗的白莲社中人约他入社时，他拒绝道：“山泽久见招，胡事乃踌躇？直为亲旧故，未忍言索居。”[24]

他的主张可以“身非我有也，既生不得不全之”[25]两句话总括之。但他虽承认“人”无非是自然的一部分，却以为“有生之最灵者人也”[26]。所以他的《神释》篇[27]说：“人为三才中，岂不以我故。”

因此，他觉得人生比其他一切“有生”为有意义，须不仅在能“全”之而已。这样的人生观，我们可引《列子》里的一段话来代表它。杨朱曰：“原宪窭于鲁，子贡殖于卫。原宪之窭损生，子贡之殖累身。然则窭亦不可，殖亦不可，其可焉在？”曰：“可在乐生，可在逸身，故善乐生者不窭，善逸身者不殖。”[28]他因为求不窭，这才“秉耒力时务，解颜劝农人”[29]。

也因为求不窭，所以他说：“衣食当须纪，力耕不吾欺。”[30]又说：“田家岂不苦，弗获辞此难……但愿长如此，躬耕非所叹。”[31]

但他却决不愿殖，所以他说：“倾身营一饱，少许便有余。恐此非名计，息驾归闲居。”[32]又说：“客养千金躯，临化消其宝。裸葬何必恶，人当解意表。”[33]

他承认“乐生”和“逸生”是人生的最终目的，所以一则曰“淹留岂无成”[34]，再则曰“栖迟讵为拙”[35]。

他对于儒家“忧道不忧贫”的主义原是赞成的，但不主张不忧贫便不工作，因而觉得儒家的主义未免太空疏一点，所以他说：“先师有遗训，忧道不忧贫。瞻望邈难逮，转欲思长勤。”[36]又略带一点讥讽的语气道：“孔耽道德，樊须是鄙。董乐琴书，田园不履。苟能超然，投迹高轨。敢不敛衽，敬赞德美。”[37]

他觉得这种不履田园的超然态度是不对的，所以他“遥遥沮溺心，千载乃相关”[38]。换句话说，他是彻底主张劳工神圣的。

以上是我们这位大诗人的人生观的大概，但还不足以代表他的全人格。因为我们晓得他本来是一个意气飞扬的少年，后来虽则“日月掷人去，有志不获骋”[39]。而这种壮且厉的猛志，始终还潜伏在他的人格的深处。所以他对于历史上的人物，是仰慕荆轲[40]和田子春[41]一流人物的。

我们读他的《形影神》三首，知道他的消极主义——以“形”为象征，和积极主义——以“影”为象征，曾经有过一度的战斗，看看分不出高下，这才“神”出来排解，方是他的人生观的确定。

然而理想和现实是常常要发生冲突的，他的这种人生观固然合理，但是实践起来时，却常常要受“现实”的阻难。

你看他："代耕本非望，所业在田桑。躬亲未曾替，寒馁常糟糠。岂期过满腹，但愿饱粳粮。御冬足大布，粗絺以应阳。"

然而"正尔不能得"，真是"哀哉亦可伤"了[42]！他于是觉得就是这样平淡的生活，也不能不有如桃花源里的那种理想社会，才得实现。然而桃花源里的社会，毕竟不过是一种"乌托邦"罢了，叫他从哪里去"问津"呢？于是我们这位诗人就不得不另去找一个"避秦时乱"的地方——就是"酒"了。酒是他逃避"现实"唯一所在，也是他抵挡"现实"的袭击的唯一武器。他不满意于儿子时，便说："天运苟如此，且进杯中物。"[43]感到岁月掷人时，便说："拨置且莫念，一觞聊可挥。"[44]你看他念酒的好处："试酌百情远，重觞忽忘天。"[45]

自来批评陶诗的人，从梁萧统到现代，不下数百家，这里只能略引数家之说以备参考。萧统说："渊明文章不群，词采精拔，跌宕昭彰，独超众类，抑扬爽朗，莫与之京，横素波而傍流，干青云而直上。"（《陶集原序》）钟嵘说："陶潜诗……文体省净，殆无长语，笃意真古，辞兴婉惬……古今隐逸诗人之宗也。"（《诗品》）苏轼说："渊明作诗不多，然其诗质而实绮，癯而实腴，自曹刘鲍谢李杜诸人皆莫及也。"（《东坡诗话》）

这种种说，当然也各有所见。但就诗论诗，最能扼要的，当莫如朱熹和顾炎武两家之说。朱子道："渊明诗所以为高，正在不待安排，胸中自然流出。”（《朱子文集》）顾先生道：“末世人情弥巧，文而不惭，固有朝赋《采薇》之篇而夕有捧檄之喜者……栗里之征士，淡然若忘于世，而感愤之怀，有时不能自止而微见其情者，真也。”这虽只说及陶诗的一方面，但这一个“真”字和朱子的“自然”两字，确已把陶诗所以伟大所以不朽的原因括尽无遗了。至于他的想象力的丰富，则可于《读山海经十三首》见之。

傅东华识

1926年9月

---

①《饮酒诗》二十首之五。　②曾祖侃官至八州都督，封长沙郡公；祖茂，曾为武昌太守；父某，亦曾为官。　③《有会而作》。　④《饮酒诗》之十九。　⑤《杂诗》之五。　⑥《拟古》之八。　⑦《癸卯始春怀古田舍》之二。　⑧《归去来兮辞》序。　⑨《癸卯岁十二月作与从弟敬远》。　⑩《归园田居》之一。　⑪梁昭明太子所为传。　⑫《乙巳岁三月为建威参军使都经钱溪》。　⑬《辛丑赴假还江陵》。　⑭据年谱。　⑮《归园田居》之一。　⑯《移居》。　⑰《挽歌》第一首。　⑱《挽歌》第三首。　⑲《癸卯岁始春怀古田舍》之一。　⑳《己酉岁九月九日》。　㉑《癸卯岁十二月作与从弟敬远》。　㉒《形影神》之三。　㉓《丙辰岁八

月中于下潠田舍获》。 ㉔《和刘柴桑》。 ㉕《列子·杨朱》。 ㉖《列子·杨朱》。 ㉗《形影神》之三。 ㉘《列子·杨朱》。 ㉙《癸卯岁始春怀古田舍》之二。 ㉚《移居》之二。 ㉛《庚戌岁九月中于西田获早稻》。 ㉜《饮酒》之十。 ㉝《饮酒》之十一。 ㉞《九日闲居》。 ㉟《癸卯岁十二月中作与从弟敬远》。 ㊱《癸卯岁始春怀古田舍》之二。 ㊲《劝农》，本编未录。 ㊳《庚戌岁九月中于西田获早稻》。 ㊴《杂诗》之二。 ㊵见《咏荆轲》。 ㊶见《拟古》之二。 ㊷《杂诗》之八。 ㊸《责子》。 ㊹《还旧居》。 ㊺《连雨独饮》。

目　录

癸卯岁始春怀古田舍二首①

在昔闻南亩，当年竟未践②。
屡空既有人，春兴岂自免③？
夙晨装吾驾，启涂情已缅④。
鸟哢欢新节，泠风送余善⑤。
寒草被荒蹊，地为罕人远⑥。
是以植杖翁，悠然不复返⑦。
即理愧通识，所保讵乃浅⑧。

---

①清吴瞻春《陶诗汇注》卷三："题曰'怀古田舍'，故二首俱是怀古之论；前首荷蓧丈人，次首沮溺，皆田舍之可怀者也。" ②在昔：过去，往日。南亩：农田。此处似有所指。未践：未亲自躬耕。 ③屡空：食用常缺，意谓贫穷。《论语·先进》："子曰：回也其庶乎，屡空。" 此指诗人之贫穷如颜回一样。春兴：春天开始耕种劳作。 ④夙晨：早晨。夙：早。驾：车乘。此指备好车马和农具。启涂：启程。涂：通"途"。缅：遥远貌。⑤哢（lòng）：鸟叫。新节：新春。泠（líng）风：小风，和风。《庄子·齐物论》："泠风则小和。"陆德明释文："泠风，泠泠小风也。"善：美好。《庄子·逍遥游》："夫列子御风而行，泠

然善也。”　⑥被：覆盖。荒蹊：荒芜的小路。地为罕人远：所至之地（即南亩）因为人迹罕至而显得偏远。　⑦植杖翁：指荷蓧丈人。《论语·微子》：“子路从而后，遇丈人，以杖荷蓧。子路问曰：‘子见夫子乎？’丈人曰：‘四体不勤，五谷不分，孰为夫子？’植其杖而芸。子路拱而立。止子路宿，杀鸡为黍而食之，见其二子焉。明日，子路行以告。子曰：‘隐者也。’使子路反见之。至则行矣。”悠然：闲适貌。不复返：不再回到世俗社会。⑧即理：这种事理。通识：通达之见。《论语·微子》记载有孔子和子路之语，说明仕而不隐之道理。陶渊明以为自己坚持隐而不仕的行为（即理），与这种“通识”相比是有“愧”的。所保：保全个人名节。讵（jù）：岂。浅：浅陋，低劣。

先师有遗训，忧道不忧贫①。
瞻望邈难逮，转欲志长勤②。
秉耒欢时务，解颜劝农人③。
平畴交远风，良苗亦怀新④。
虽未量岁功，即事多所欣⑤。
耕种有时息，行者无问津⑥。
日入相与归，壶浆劳近邻⑦。
长吟掩柴门，聊为陇亩民⑧。

---

①先师：孔子。忧道不忧贫：《论语·卫灵公》：“子曰：君子谋道不谋食。耕也，馁（něi，饥饿）在其中矣；学也，禄在其中

矣。君子忧道不忧贫。” ②瞻望：仰望。邈：高远。逮：企及。志：立志于。长勤：长期勤苦劳作。 ③秉：持。耒（lěi）：犁柄，此指农具。时务：按时节应做之农务。此谓春耕。解颜：笑颜。劝：劝勉，勉励。 ④平畴（chóu）：平坦的田野。交：交遇。怀新：孕育新的生机。 ⑤量：估量，计算。岁功：一年之收成。即事多所欣：谓务农本身便令人欢欣。 ⑥行者无问津：无过路之人寻问渡口在哪里。此处意谓不受人打搅。典出《论语·微子》：“长沮、桀溺耦而耕，孔子过之，使子路问津焉。长沮曰：‘夫执舆者为谁？’子路曰：‘为孔丘。’曰：‘是鲁孔丘与？’曰：‘是也。’曰：‘是知津矣。’问于桀溺。桀溺曰：‘子为谁？’曰：‘为仲由。’曰：‘是鲁孔丘之徒与？’对曰：‘然。’曰：‘滔滔者天下皆是也，而谁以易之？且而与其从辟人之士也，岂若从辟世之士哉？’耰而不辍。”诗人在此以古代隐士长沮、桀溺自比。津：渡口。 ⑦日入：日落。壶浆：酒。劳：慰劳。 ⑧聊：姑且。陇亩民：田野之人，即农人。

癸卯岁十二月中作与从弟敬远

寝迹衡门下，邈与世相绝①。
顾盼莫谁知，荆扉昼长闭②。
凄凄岁暮风，翳翳经日雪③。
倾耳无希声，在目皓已洁④。

劲气侵襟袖，箪瓢谢屡设⑤。
萧索空宇中，了无一可悦⑥。
历览千载书，时时见遗烈⑦。
高操非所攀，谬得固穷节⑧。
平津苟不由，栖迟讵为拙⑨？
寄意一言外，兹契谁能别⑩！

---

①寝迹：埋没行踪，意犹隐居。衡门：横木为门，指简陋之居室。《诗·陈风·衡门》："衡门之下，可以栖迟。" ②盼：一作"眄"，斜视。 ③凄凄：寒凉。《诗·郑风·风雨》："风雨凄凄，鸡鸣喈喈。" 翳翳（yì）：阴暗，隐蔽貌。经日雪：下了一整天的雪。 ④倾耳：侧耳细听。无希声：没有声音。《老子》："听之不闻名曰希。" 河上公注："无声曰希。"皓：洁白、明亮。洁：洁净。或作"结"，聚积。 ⑤劲气：猛烈之寒气。箪（dān）瓢：即箪食瓢饮。箪：竹制盛饭容器。《论语·雍也》："子曰：贤哉回也！一箪食，一瓢饮，在陋巷，人不堪其忧，回也不改其乐。"谢：辞绝。屡：经常。设：陈设。 ⑥萧索：萧条，冷落。宇：房屋。了：完全，全然。可悦：可令人高兴之事。 ⑦历览：遍览。遗烈：古之志士、贤士。 ⑧谬：误，谦辞。固穷节：固守穷困之气节。《论语·卫灵公》："子曰：君子固穷，小人穷斯滥矣。" ⑨平津：平坦大道，此喻仕途。津：本义为渡口，此指道路。由：遵从，遵循。栖迟：游息，指隐居。 ⑩契：契合，指志同道合。别：识别。

和郭主簿二首①

蔼蔼堂前林，中夏贮清阴②。
凯风因时来，回飚开我襟③。
息交游闲业，卧起弄书琴④。
园蔬有余滋，旧谷犹储今⑤。
营己良有极，过足非所钦⑥。
舂秫作美酒，酒熟吾自斟⑦。
弱子戏我侧，学语未成音⑧。
此事真复乐，聊用忘华簪⑨。
遥遥望白云，怀古一何深⑩！

---

①主簿：官名。郭主簿：不详。　②蔼蔼（ǎi）：草木茂盛貌。中夏：仲夏，农历五月。贮（zhù）：储存，积蓄。　③凯风：南风。《尔雅·释天》："南风谓之凯风。"《诗经·邶风·凯风》："凯风自南，吹彼棘心。"孔疏引李巡曰："南风长养万物，万物喜乐，故曰凯风。凯，乐也。" 回飚（biāo）：回旋之风。　④息交：停止社交。游：优游，玩物适情之意。闲业：此指书琴等，与仕途"正业"相对而言。　⑤余滋：余味。储今：储存至今。　⑥营己：经营自身生活。良：很。极：限度。过足：过多。钦：羡慕。　⑦舂（chōng）：捣掉谷类皮壳。秫

(shú)：粘高粱，多用以酿酒。斟：往杯中倒酒。⑧弱子：幼子。⑨聊：暂且。华簪(zān)：华贵之发簪。此喻华冠，指做官。簪：古人用以绾定发髻或冠之长针。⑩白云：代指古时圣人。《庄子·天地》："夫圣人，鹑居而彀食，鸟行而无彰。天下有道，则与物皆昌；天下无道，则修德就闲。千岁厌世，去而上仙，乘彼白云，至于帝乡。"一何：多么。

和泽周三春，清凉素秋节①。
露凝无游氛，天高肃景澈②。
陵岑耸逸峰，遥瞻皆奇绝③。
芳菊开林耀，青松冠岩列④。
怀此贞秀姿，卓为霜下杰⑤。
衔觞念幽人，千载抚尔诀⑥。
检素不获展，厌厌竟良月⑦。

---

①和泽：温和润泽。周：遍。三春：春季之三个月。素秋：秋季。素：白。古人以五色配五方，西尚白；秋行于西，故曰素秋。见《礼记·月令》。节：时节。②露凝：露水凝结为霜。游氛：飘游之云气。肃景：秋景。《汉书·礼乐志》："秋气肃杀。"③陵：大土山。岑(cén)：山之小而高者。逸峰：姿态超迈之奇峰。④开：开放。耀：耀眼，增辉。冠岩列：在山岩处排列成行。⑤贞秀：坚贞秀美。卓：直立。此谓独立不群意。霜下杰：谓松菊坚贞，不畏霜寒。⑥衔觞：饮酒。幽人：

隐士。抚尔诀：坚守其节操。抚：保持。诀：法则，原则，引伸为节操。　⑦检素：自检平生情志，回顾本心。不获展：不得伸展。厌厌：精神不振貌。竟：终。良月：十月。

诸人共游周家墓柏下①

今日天气佳，清吹与鸣弹②。
感彼柏下人，安得不为欢③？
清歌散新声，绿酒开芳颜④。
未知明日事，余襟良已殚⑤。

---

①周家墓：或为周访家墓。陶、周两家世婚。陶渊明此次所游之地，疑即周访家墓。　②清吹：管乐。鸣弹：弦乐。　③感：感慨。柏下人：葬在柏树下之墓中人。安得：怎能。　④绿酒：新酒。新酿之酒呈绿色，故称。开：启。芳颜：美好容颜。　⑤明日事：即将来之事，包括生死之忧。襟：襟怀，心胸。良：甚。殚（dān）：竭尽。

始作镇军参军经曲阿作①

弱龄寄事外，委怀在琴书②。
被褐欣自得，屡空常晏如③。
时来苟冥会，宛辔憩通衢④。
投策命晨装，暂与园田疏⑤。
眇眇孤舟逝，绵绵归思纡⑥。
我行岂不遥，登降千里余⑦。
目倦川途异，心念山泽居⑧。
望云惭高鸟，临水愧游鱼⑨。
真想初在襟，谁谓形迹拘⑩？
聊且凭化迁，终返班生庐⑪。

---

①始作：初就职务。曲阿：地名，在今江苏丹阳。晋安帝元兴三年（404），陶渊明出任镇军将军参军，赴京口（今江苏镇江）上任。行经曲阿时，写下此诗。　②弱龄：少年时。寄事外：托身于世事之外。委怀：寄情。　③被褐（pī hè）：穿粗布衣。《老子》第七十章：“是以圣人被褐怀玉。”欣自得：欣然自得。屡空：食用常常空乏，即贫困。晏如：安乐貌。　④时：时机，时运。冥会：自然吻合，暗中巧合。郭璞《山海经图赞·磁石》：“气有潜通，数亦冥会。”宛：屈，放松。辔（pèi）：驾驭牲口之缰绳。

憩（qì）：休息。通衢（qú）：大道，此喻仕途。　⑤投策：丢下手杖。命晨装：命人备置清晨行装。疏：疏远。　⑥眇眇：遥远貌。绵绵：连绵不断貌。归思：思归之情。纡（yū）：萦回，苦闷郁结胸中。　⑦登降：上山下山，指路途跋涉艰难。降：一作“陟”，登程，上路。　⑧目倦：眼睛疲倦，厌于观看。川途异：路途异乡景物。山泽居：田园旧居。　⑨此二句意为，看到云中飞鸟和水中游鱼，内心感到惭愧。比喻踏上仕途，不如鸟鱼之自由。　⑩真想：纯真朴素之思想。初：原本。形迹拘：为形体所拘，此指做官。　⑪凭：任凭，听任。化迁：自然之变化。班生庐：仁者隐居之处。班固《幽通赋》：“终保己而贻则兮，里上仁之所庐。”后人因此称隐者之居为“班生庐”。庐：房屋。

庚子岁五月中从都还阻风于规林二首①

行行循归路，计日望旧居②。
一欣侍温颜，再喜见友于③。
鼓棹路崎曲，指景限西隅④。
江山岂不险？归子念前涂⑤。
凯风负我心，戢枻守穷湖⑥。
高莽眇无界，夏木独森疏⑦。
谁言客舟远，近瞻百里余⑧。
延目识南岭，空叹将焉如⑨！

①庚子岁：晋安帝隆安四年（400）。规林：古地名。在今安徽宿松境内。　②行行：行而又行。《古诗十九首》："行行重行行，与君生别离。"循：沿着。计日：算计日期。　③欣：欢喜。温颜：温和慈祥之容颜，此指母亲。侍温颜：即侍奉母亲。友于：代指兄弟。《尚书·君陈》："孝乎惟孝，友于兄弟。"　④鼓棹（zhào）：划船。棹：船桨。崎曲：同"崎岖"，本指地面高低不平，此喻处境困难。景：日影。限西隅：悬在西边天际，意谓太阳即将落山。隅：边缘，角落。　⑤归子：归家之游子，作者自指。念：担忧。前涂：前路，此指归途。　⑥凯风：南风。戢（jí）：收藏，收敛。枻（yì）：短桨。穷：偏远。　⑦高莽：高深茂密之草丛。眇：辽远。无界：无边。森疏：繁茂扶疏。　⑧瞻：望。百里余：离家之距离。　⑨延目：放眼远望。南岭：此指庐山。焉如：何如，何往。

自古叹行役，我今始知之①。
山川一何旷，巽坎难与期②。
崩浪聒天响，长风无息时③。
久游恋所生，如何淹在兹④。
静念园林好，人间良可辞⑤。
当年讵有几？纵心复何疑⑥！

①行役：因公出行。《诗经·魏风·陟岵》："予子行役，夙

夜无已。”　②一何：多么。旷：空阔。巽（xùn）坎：《周易》中两个卦名，巽代表风，坎代表水。此喻世事风波。难与期：难以预料。　③崩浪：滔天巨浪。聒（guō）天响：响声震天。聒：喧嚷。长风：大风。　④游：游宦，在外做官。所生：此指父母。淹：滞留。兹：此，这里，指规林。　⑤人间：此指世俗官场。良：实在。　⑥当年：壮年。当：适逢。讵（jù）：岂。潘岳《悼亡诗》：“尔祭讵几时。”纵心：放纵情怀，不受世俗约束。

辛丑岁七月赴假还江陵夜行涂中①

闲居三十载，遂与尘事冥②。
诗书敦宿好，林园无俗情③。
如何舍此去，遥遥至西荆④！
叩枻新秋月，临流别友生⑤。
凉风起将夕，夜景湛虚明⑥。
昭昭天宇阔，皛皛川上平⑦。
怀役不遑寐，中宵尚孤征⑧。
商歌非吾事，依依在耦耕⑨。
投冠旋旧墟，不为好爵萦⑩。
养真衡茅下，庶以善自名⑪。

---

①辛丑：即晋安帝隆安五年（401）。赴假：假满赴职。江陵：今属湖北，时为荆州镇地。涂中：《文选》作“涂口”，注：“《江图》曰：自沙阳县下流一百一十里至赤圻，赤圻二十里至涂口也。”或云涂口在今湖北安陆境内。　②尘事：世俗之事。冥：远隔，隔绝。　③敦：加厚，增益。宿好：旧所好也。林园：一作“园林”。　④西荆：即荆州。因地处京城建康（今南京）之西，故称西荆。西荆一作“南荆”。　⑤叩枻：划船。《楚辞·九歌·湘君》：“桂棹兮兰枻，斫冰兮积雪。”王逸注：“枻，船旁板也。”友生：朋友。《诗·小雅·棠棣》：“虽有兄弟，不如友生。”　⑥将夕：将近傍晚。湛：清澈。虚明：空阔明亮。　⑦昭昭：明亮。皛皛（xiǎo，又读 jiǎo）：皎洁明亮。⑧怀役：意谓心中牵挂职事。不遑（huáng）：不暇。中宵：半夜。独征：独自远行。　⑨商歌：谓自荐求官。商：声调名。此用宁戚故事。宁戚，卫人，闻齐桓公兴霸，无因自达，将车自往，乘桓公出，商歌车下，桓公闻之，慨然而悟。耦（ǒu）耕：两人并肩而耕，此指隐居躬耕。《论语·微子》：“长沮、桀溺耦而耕。”　⑩投冠：抛弃冠冕，即弃官。旋：返回。旧墟：意谓故乡旧居。好爵：高官厚禄。　⑪养真：养性修真，保持真朴之本性。衡茅：简陋屋舍。衡：同“横”，即“横木为门”。茅：茅屋。《诗·陈风·衡门》：“衡门之下，可以栖迟。”庶：庶几，差不多。

连雨独饮[①]

运生会归尽，终古谓之然[②]。
世间有松乔，于今定何间[③]？
故老赠余酒，乃言饮得仙[④]。
试酌百情远，重觞忽忘天[⑤]。
天岂去此哉？任真无所先[⑥]。
云鹤有奇翼，八表须臾还[⑦]。
自我抱兹独，僶俛四十年[⑧]。
形骸久已化，心在复何言[⑨]！

---

①此诗作于晋安帝元兴三年（404）。连雨：连日下雨。②运生：生命之运行。会：当。归尽：指死亡。终古：自古以来。③松乔：赤松子，王子乔，皆传说中仙人。事见刘向《列仙传》。定何间：究竟在何处。　④故老：老朋友。饮得仙：谓饮下此酒可成神仙。　⑤试酌：初饮。百情：种种世情，杂念。远：远离，忘却。重觞：再饮。忘天：忘记上天的存在。此谓超然物外，近乎自然。　⑥去此：离开这里。任真：听任自然。《庄子·齐物论》郭象注：“任自然而忘是非者，其体中独任天真而已。”无所先：没有比这更重要的。　⑦云鹤：云中之鹤，指仙人。八表：八方之外，泛指极远之地。　⑧独：指“任真”。僶俛

（mǐn miǎn）：勤勉，尽力。　　⑨心在：指“任真”之心依然不变。

乙巳岁三月为建威参军使都经钱溪①

我不践斯境，岁月好已积②。
晨夕看山川，事事悉如昔③。
微雨洗高林，清飙矫云翮④。
眷彼品物存，义风都未隔⑤。
伊余何为者，勉励从兹役⑥。
一形似有制，素襟不可易⑦。
园田日梦想，安得久离析⑧？
终怀在归舟，谅哉宜霜柏⑨。

---

①乙巳岁：晋安帝义熙元年（405）。时刘敬宣为建威将军、江州刺史，陶渊明前往任刘敬宣的参军。钱溪：或即梅根港，在今安徽池州境内。　　②践：足履，经由。好：甚。已积：已经很久。　　③悉：都。如昔：如同昔日。　　④飙（biāo）：疾风。矫：高举。云翮（hé）：云中鸟也。　　⑤品物：景物。义风：好风，和风。　　⑥伊：语助词。何为：为何，为什么。勉励：勤苦努力貌。兹役：这种差事。　　⑦一形：一身，诗人自指。制：限制，约束。素襟：平素之志向。襟：胸襟。易：改变。　　⑧日：

每天。离析：分开。　　⑨归舟：一作“鏊舟”。谅哉：诚然。霜柏：霜中松柏，此喻坚贞之节操胸襟。

还旧居

畴昔家上京，六载去还归①。
今日始复来，恻怆多所悲②。
阡陌不移旧，邑屋或时非③。
履历周故居，邻老罕复遗④，
步步寻往迹，有处特依依⑤。
流幻百年中，寒暑日相推⑥。
常恐大化尽，气力不及衰⑦。
拨置且莫念，一觞聊可挥⑧。

---

①畴昔：往昔，从前。上京：地名，当距柴桑（今江西九江境内）旧居不远。　　②恻怆（cè chuàng）：凄伤悲痛。　　③阡陌：田间小路。不移旧：没有改变旧时样貌。邑屋：村舍。或时非：或有与从前不同。　　④履历：脚步经历。周：遍。邻老：邻居老人。罕复遗：很少有活着的。　　⑤往迹：过去的踪迹。有处：有些地方。依依：留恋貌。　　⑥流幻：流动变幻。百年中：意指人的一生。寒暑日相推：意谓岁月流逝很快。《周易·系辞》：“寒暑相推，而岁成焉。”　　⑦大化尽：生命结束。大

化：由生至死之变化。《列子·天瑞》："人自生至终，大化有四：婴孩也，少壮也，老耄也，死亡也。"气力：体力。不及：不待。衰：衰竭。古人以五十岁为入衰之年。《礼记·王制》："五十始衰。"诗人此时已五十余岁。　⑧拨置：弃置，放在一边。挥：一饮而尽。

责　子

白发被两鬓，肌肤不复实①。
虽有五男儿，总不好纸笔②。
阿舒已二八，懒惰故无匹③。
阿宣行志学，而不爱文术④。
雍端年十三，不识六与七。
通子垂九龄，但觅梨与栗⑤。
天运苟如此，且进杯中物⑥。

---

①被：覆盖。肌肤不复实：肌肤松弛，不再结实。　②五男儿：陶渊明有五个儿子，大名分别叫俨、俟、份、佚、佟，小名分别叫舒、宣、雍、端、通。纸笔：此代指学习。　③二八：即十六岁。故：同"固"。曾本云，"一作固"。无匹：无人能比。④行志学：行将十五岁。《论语·为政》："子曰：吾十有五，而志于学。"文术：读书作文之事。　⑤垂九龄：将近九岁。

⑥天运：天命，命运。杯中物：酒。

归园田居五首

少无适俗韵，性本爱丘山①。
误落尘网中，一去十三年②。
羁鸟恋旧林，池鱼思故渊③。
开荒南野际，守拙归园田④。
方宅十余亩，草屋八九间⑤。
榆柳荫后檐，桃李罗堂前⑥。
暧暧远人村，依依墟里烟⑦。
狗吠深巷中，鸡鸣桑树巅⑧。
户庭无尘杂，虚室有余闲⑨。
久在樊笼里，复得返自然⑩。

---

①适俗韵：适应世俗之意愿。韵：气质，性情。性：禀性，本性。　②尘网：世俗之罗网。　③羁鸟：笼中之鸟。羁：束缚。池鱼：池中之鱼。渊：深潭。　④守拙：保持纯朴自然之本性。　⑤方：方圆，四周。宅：宅屋，宅地。　⑥罗：排列。
⑦暧暧（ài ài）：昏昧不明貌。依依：轻柔貌。墟里：村落。
⑧汉乐府《鸡鸣行》：“鸡鸣桑树巅，狗吠深巷中”。巅：顶端。
⑨虚室：喻心境之空灵。虚：使空虚。室：指心。《庄子·人间

世》："瞻彼阕者，虚室生白，吉祥止止。" ⑩樊笼：关鸟兽之笼子。喻世俗社会，尘世生活。

野外罕人事，穷巷寡轮鞅①。
白日掩荆扉，虚室绝尘想②。
时复墟曲中，披草共来往③。
相见无杂言，但道桑麻长。
桑麻日已长，我土日已广④。
常恐霜霰至，零落同草莽⑤。

---

①野外：郊野，指乡居。罕：少。人事：指世俗交往。穷巷：偏远陋巷。寡：少。轮鞅（yāng）：车轮和马脖套，泛指车马。②荆扉：柴门。绝尘想：断绝尘世俗念。 ③时复：常常。墟曲：偏远村落。曲：隐蔽。披：分开。共来往：此指与村农友好来往。 ④日：一天天地。我土：指自己开垦之土地。 ⑤霰（xiàn）：雪粒。草莽：草丛。莽：丛生之杂草。

种豆南山下，草盛豆苗稀①。
晨兴理荒秽，带月荷锄归②。
道狭草木长，夕露沾我衣。
衣沾不足惜，但使愿无违③。

---

①南山：此指庐山。稀：稀疏。 ②晨兴：早起。理：整

理。秽：杂草。带月：头顶月亮。带：同“戴”。荷：肩扛。③愿：此指隐居躬耕之愿望。违：违背。

久去山泽游，浪莽林野娱①。
试携子侄辈，披榛步荒墟②。
徘徊丘陇间，依依昔人居③。
井灶有遗处，桑竹残朽株④。
借问采薪者，此人皆焉如⑤？
薪者向我言，死殁无复余⑥。
一世异朝市，此语真不虚⑦。
人生似幻化，终当归空无。

---

①去：离开，放弃。浪莽：荒废。　②试：姑且。披：分开，拨开。榛（zhēn）：树丛。荒墟：废弃之村落。　③丘陇：坟堆。依依：隐约可辨貌。　④井灶有遗处：意谓昔人居处尚有井灶遗迹。残朽株：残存枯木朽株。　⑤采薪者：樵夫。此人：指往昔居住于此之人。焉如：去往何处。　⑥殁（mò）：死。⑦一世异朝市：当时成语。意谓经过三十年变迁，朝市已面目全非，变化巨大。一世：古人以三十年为一世。朝市：朝廷和集市，此泛指市井，人们聚集之地。

怅恨独策还，崎岖历榛曲①。
山涧清且浅，可以濯吾足②。

漉我新熟酒，只鸡招近局③。
日入室中暗，荆薪代明烛④。
欢来苦夕短，已复至天旭⑤。

---

①策：策杖，拄杖。历：走过。榛曲：草木丛生曲折荒僻之小路。 ②濯（zhuó）：洗。 ③漉（lù）：过滤。近局：近邻。局：一作“属”。 ④日入：太阳落山。荆薪：柴草。 ⑤来：语助词。苦：恨。天旭：天亮。

戊申岁六月中遇火[1]

草庐寄穷巷，甘以辞华轩②。
正夏长风急，林室顿烧燔③。
一宅无遗宇，舫舟荫门前④。
迢迢新秋夕，亭亭月将圆⑤。
果菜始复生，惊鸟尚未还⑥。
中宵伫遥念，一盼周九天⑦。
总发抱孤介，奄出四十年⑧。
形迹凭化往，灵府长独闲⑨。
贞刚自有质，玉石乃非坚⑩。
仰想东户时，余粮宿中田⑪。
鼓腹无所思，朝起暮归眠⑫。

既已不遇兹，且遂灌我园⑬。

---

①戊申岁：晋安帝义熙四年（408）。 ②寄：寄托，依附。穷巷：偏远陋巷。辞：拒绝，告别。华轩：华美之车。此指功名富贵生活。 ③林室：树木环绕之房屋。顿：突然。燔（fán）：烧。 ④宇：屋檐，泛指房屋。舫（fǎng）：船。荫：遮蔽，遮挡。 ⑤迢迢：漫长貌。亭亭：高远貌。 ⑥始复生：开始重新生长。惊鸟：被火惊飞之鸟。 ⑦中宵：半夜。伫（zhù）：长久站立。遥念：遐想。盼：看。周九天：整个天地。 ⑧总发：亦称总角，指童年时代。孤介：孤独耿介，不随波逐流。奄：忽然，突然。出：超出。 ⑨形迹：身体，生命。凭：任凭。化：造化，自然。往：变化。灵府：心灵。《庄子·德充符》："不可入于灵府。"郭象注："灵府者，精神之宅也。" ⑩贞刚：坚贞刚直。质：品质，品性。 ⑪仰想：遥想。东户：东户季子，传说中上古帝王。《淮南子·缪称训》："昔东户季子之世，道路不拾遗，耒耜余粮宿诸晦（同亩）首。"宿：存放。中田：田间。 ⑫鼓腹：饱食貌。《庄子·马蹄》："夫赫胥氏之时，民居而不知所为，行不知所之，含哺而熙，鼓腹而游。"无所思：无忧无虑。 ⑬兹：此，指东户季子之世。灌我园：浇灌我的田园。此指隐居躬耕。

己酉岁九月九日[1]

靡靡秋已夕，凄凄风露交[2]。
蔓草不复荣，园木空自凋[3]。
清气澄余滓，杳然天界高[4]。
哀蝉无留响，丛雁鸣云霄[5]。
万化相寻绎，人生岂不劳[6]！
从古皆有没，念之中心焦。
何以称我情？浊酒且自陶[7]。
千载非所知，聊以永今朝[8]。

---

①己酉岁：晋安帝义熙五年（409）。　②靡靡：犹迟迟。已夕：已晚。凄凄：寒冷貌。　③蔓草：蔓生之草。空自凋：徒然凋零。　④余滓（zǐ）：残余渣滓，指尘埃。杳然：深远貌。⑤丛雁：犹群雁。丛：聚集。　⑥万化：万物，指宇宙自然。寻绎：反复推求，此为推移、更替之意。劳：劳苦，忧愁。　⑦称（chèn）：适合。陶：喜乐。　⑧永：咏。言歌咏今朝。《诗·小雅·白驹》："絷之维之，以永今朝。"

庚戌岁九月中于西田获早稻①

人生归有道，衣食固其端②。
孰是都不营，而以求自安③。
开春理常业，岁功聊可观④。
晨出肆微勤，日入负耒还⑤。
山中饶霜露，风气亦先寒⑥。
田家岂不苦，弗获辞此难⑦。
四体诚乃疲，庶无异患干⑧。
盥濯息檐下，斗酒散襟颜⑨。
遥遥沮溺心，千载乃相关⑩。
但愿长如此，躬耕非所叹。

---

①庚戌岁：晋安帝义熙六年（410）。西田：指住宅以西田地。②归：趋，就。固：本来。端：开始，首要。　③孰：谁。是：这，此指衣食。营：经营，操持。　④常业：日常事务，此指农事。岁功：一年之收成。聊：略，略微。　⑤肆：从事，操作。肆微勤：犹言勤于农务。负耒（lěi）：扛着农具。耒，一作"禾"。　⑥饶：多。风气：此指气候。　⑦弗获：不能，不得。辞：推辞，摆脱。此难：耕作之艰难辛苦。　⑧四体：四肢，代指身体。庶：幸，希冀之词。异患：意外祸患。此指仕途风

险或兵凶战厄。干：干涉，侵扰。　⑨盥（guàn）濯：洗涤。盥：洗手，濯：洗脚。散：放开，放松。襟颜：襟怀容颜。⑩沮溺：长沮、桀溺，古代隐士。见《癸卯岁始春怀古田舍二首》其二注⑥。乃：竟。相关：相通。

移居二首

昔欲居南村，非为卜其宅①
闻多素心人，乐与数晨夕②。
怀此颇有年，今日从兹役③
弊庐何必广，取足蔽床席④。
邻曲时时来，抗言谈在昔⑤。
奇文共欣赏，疑义相与析⑥

①南村：或因其地在浔阳城南郊，故名。卜宅：以卜筮之法选择吉宅。《左传·昭公三年》："谚云：非宅是卜，惟邻是卜。"②素心人：心地纯朴淡泊之人。数晨夕：朝夕相处。　③从兹役：从事这件事，此指移居南村。　④弊庐：简陋房屋。蔽：遮蔽，遮盖。　⑤邻曲：邻居。抗言：高谈阔论，说话无所顾忌。在昔：往昔，古代。　⑥奇文：好文章。疑义：疑难问题。

春秋多佳日，登高赋新诗。
过门更相呼，有酒斟酌之①。
农务各自归，闲暇辄相思②。
相思则披衣，言笑无厌时③。
此理将不胜，无为忽去兹④。
衣食当须纪，力耕不吾欺⑤。

---

①过门：邻居之间往来。更相呼：相互招呼。斟酌：斟酒饮酒。斟：执壶注酒。酌：饮酒。　②农务：农忙时。辄：每每，总是。　③披衣：意谓披上衣服出门访友。　④此理：意谓与邻居交往之乐趣。将不胜：岂不美好。无为：不要。忽去兹：轻率抛弃它。　⑤纪：经营，料理。不吾欺：即“不欺吾”。

与殷晋安别并序①

殷先作晋安南府长史掾，因居浔阳②。后作太尉参军③，移家东下，作此以赠。

游好非久长，一遇尽殷勤④。
信宿酬清话，益复知为亲⑤。
去岁家南里，薄作少时邻⑥。
负杖肆游从，淹留忘宵晨⑦。
语默自殊势，亦知当乖分⑧。

未谓事已及，兴言在兹春⑨。
飘飘西来风，悠悠东去云。
山川千里外，言笑难为因⑩。
良才不隐世，江湖多贱贫⑪。
脱有经过便，念来存故人⑫。

---

①此诗作于晋安帝义熙七年（411）。殷氏名铁，字景仁，曾任江州晋安郡南府长史掾，故称殷晋安。殷景仁在晋安南府时，住在浔阳，与陶渊明有交往。义熙七年，刘裕任太尉职，辟殷景仁为参军。景仁离浔阳东下时，陶渊明作此诗赠别。参孟二冬著《陶渊明集译注及研究》。　②浔阳：地名，今江西九江市。③太尉：指刘裕。　④游好：交游、交好。殷勤：情意恳切。⑤信宿：一宿曰宿，再宿曰信。酬：应对，酬答。清话：谈话不杂世俗，清高之谈。益复：更加。　⑥去岁：去年。薄：语助词，相当于“夫”“且”等。少时：短时。　⑦负杖：倚杖，持杖。《礼记·檀弓下》：“公叔禺人遇负杖入保者。”郑玄注“负杖”曰：“加其杖颈上”。肆：肆意，纵情。游从：相伴同游。淹留：久留，流连忘返。　⑧语默：说话与沉默，代指仕与隐。《周易·系辞》：“君子之道，或出或处，或默或语。”殊势：地位不同。乖分：分离。　⑨未谓：没有想到。事：指分离之事。及：到来。兴：起，动身。言：语助词。　⑩难为因：难于有因缘。⑪良才：指殷景仁。贱贫：作者自指。　⑫脱：倘若，或许。存：存问，省视。故人：作者自指。

悲从弟仲德[1]

衔哀过旧宅，悲泪应心零[2]。
借问为谁悲？怀人在九冥[3]。
礼服名群从，恩爱若同生[4]。
门前执手时，何意尔先倾[5]。
在数竟不免，为山不及成[6]。
慈母沉哀疚，二胤才数龄[7]。
双位委空馆，朝夕无哭声[8]。
流尘集虚坐，宿草旅前庭[9]。
阶除旷游迹，园林独余情[10]。
翳然乘化去，终天不复形[11]。
迟迟将回步，恻恻悲襟盈[12]。

---

①从弟：堂弟。仲德：一作“敬德”，生平事迹不详。②衔哀：怀着悲哀。衔：含。过：访，探望。应：随着。零：落下。　③怀人：所怀念的人。九冥：九泉幽冥之处。　④礼服：五服亲疏关系。古代按血统亲疏，把服丧礼服分为五个等级，谓之五服。群从：堂兄弟及诸子侄。同生：同胞。　⑤执手：握手告别。倾：倾覆，引申为死亡。　⑥在数：由于天数。数：自然定数，气数，命运。为山：谓建立功业。《论语·子罕》：“譬

如为山，未成一篑。”　⑦疚：内心痛苦。二胤（yìn）：两个孩子。胤：子嗣，后代。　⑧双位：夫妻灵位，指仲德与其妻之灵位。委：寄托，放置。　⑨流尘：灰尘。集：聚，落满。虚坐：空座。坐：通“座”。宿草：隔年之草。《礼记·檀弓上》：“朋友之墓，有宿草而不哭焉。”孔颖达疏：“宿草，陈根也，草经一年则根陈也。朋友相为哭一期，草根陈乃不哭也。”后用为悼念亡友之辞。旅：寄生。　⑩阶除：台阶。旷：空，荒废。游迹：行走之踪迹。独：唯有，仅仅。　⑪翳（yì）然：隐蔽貌。乘化去：随造化逝去。终天：终古，永久。　⑫迟迟：此谓不忍离去而行走迟缓之貌。恻恻：悲伤。襟盈：满怀。

答庞参军并序①

三复来贶②，欲罢不能。自尔邻曲③，冬春再交④，款然良对⑤，忽成旧游⑥。俗谚云：数面成亲旧。况情过此者乎？人事好乖⑦，便当语离，杨公所叹⑧，岂惟常悲？吾抱疾多年，不复为文。本既不丰⑨，复老病继之。辄依《周礼》往复之义⑩。且为别后相思之资。

相知何必旧，倾盖定前言⑪。
有客赏我趣，每每顾林园⑫。
谈谐无俗调，所说圣人篇⑬。
或有数斗酒，闲饮自欢然。

我实幽居士，无复东西缘⑭。
物新人惟旧，弱毫多所宣⑮。
情通万里外，形迹滞江山⑯。
君其爱体素，来会在何年⑰？

---

①庞参军：庞通之也，时家柴桑，与先生为邻。　②三复来贶（kuàng）：反复展读所赠之诗。贶：赠，此指赠诗。　③自尔邻曲：自从彼此为邻。尔：助词，用于句中。《诗·邶风·雄雉》："百尔君子，不知德行。"邻曲：邻居。　④冬春再交：冬天和春天再次相交。再：第二次。　⑤款然：诚恳貌。良对：愉快交谈。对：对话，交谈。　⑥旧游：老朋友。　⑦好（hào）乖：容易分离。此谓事与愿违。乖：违背。　⑧杨公：战国哲学家杨朱。《淮南子·说林训》："杨子见逵路而泣之，为其可以南，可以北。"高诱注："道九达曰逵，悯其别也。"　⑨本：体质。丰：丰满，强壮。　⑩《周礼》往复之义：《礼记·曲礼》："礼尚往来。往而不来，非礼也；来而不往，亦非礼也。"⑪旧：旧交，旧友。倾盖：两车相遇，乘车之人停车对语，以致车盖倾斜相交。《史记·邹阳列传》："谚曰：有白头如新，倾盖如故。"意谓有人相互交往到老，却如同陌路新识；有人则一见如故，订为知音。后遂以"倾盖"比喻一见如故。　⑫客：即庞参军。顾：光顾，探访。林园：作者所居之地。　⑬谈谐：谈话和谐。说（yuè）：同"悦"，喜欢。圣人篇：圣贤之书。　⑭幽居士：隐居之人。东西：为求仕而东西奔走。缘：缘分。　⑮物新人惟旧：《尚书·盘庚》："人惟求旧，器非求旧，惟新。"弱

毫：毛笔。多所宣：多多写信。宣：宣称，表达，此指写信。⑯此二句意谓：尽管远隔千山万水，但彼此情意相通。滞江山：为江山所阻隔。滞：停留，阻隔。　⑰体素：身体之根本。来会：将来相会。

杂诗十二首(选八)

人生无根蒂，飘如陌上尘。
分散逐风转，此已非常身。
落地为兄弟，何必骨肉亲①。
得欢当作乐，斗酒聚比邻②。
盛年不重来，一日难再晨。
及时当勉励，岁月不待人③。

---

①落地：降生于世。　②比邻：近邻。　③待：等待。

白日沦西阿，素月出东岭①。
遥遥万里辉，荡荡空中景②。
风来入房户，夜中枕席冷③。
气变悟时易，不眠知夕永④。
欲言无予和，挥杯劝孤影⑤。
日月掷人去，有志不获骋⑥。

念此怀悲凄，终晓不能静⑦。

---

①沦：沉落。西阿（ē）：西山。阿：山丘。素月：明月，皓月。　②荡荡：空旷广远貌。景：同“影”，指月光。　③户：门。夜中：夜半。　④气变：气候变化。悟：意识到。时易：时节改变。永：漫长。　⑤无予和（hè）：即“无和予”，无人与我交流。挥杯：举杯。　⑥掷：抛弃。不获骋：不得施展、发挥。　⑦终晓：彻夜，通宵达旦。静：平静。

荣华难久居，盛衰不可量。
昔为三春蕖，今作秋莲房①。
严霜结野草，枯悴未遽央②。
日月有环周，我去不再阳③。
眷眷往昔时，忆此断人肠④。

---

①蕖（qú）：芙蕖，荷花。莲房：莲蓬。　②结：凝结。枯悴：枯萎憔悴。遽（jù）：立刻，马上。央：尽，此指枯死。③环周：循环往复。再阳：再生，复生。《庄子·齐物论》：“近死之心，莫使复阳也。”《释文》：“阳谓生也。”　④眷眷：依恋貌。

丈夫志四海，我愿不知老①。
亲戚共一处，子孙还相保。

觞弦肆朝日，樽中酒不燥②。
缓带尽欢娱，起晚眠常早③。
孰若当世士，冰炭满怀抱④。
百年归丘垄，用此空名道⑤。

---

①不知老：《论语·述而》："发愤忘食，乐以忘忧，不知老之将至云尔。" ②觞弦：饮酒弦歌。肆：陈列。朝日：当作"朝夕"，指终日。樽：酒具。燥：干燥。 ③缓带：放松衣带，谓无拘无束，悠游闲暇。 ④冰炭：水火不容，此指内心冲突。《淮南子·齐俗训》："贪禄者见利不顾身，而好名者非义不苟得，此相为论，譬若冰炭钩绳也，何时而合？" ⑤丘垄：坟墓。

忆我少壮时，无乐自欣豫①。
猛志逸四海，骞翮思远翥②。
荏苒岁月颓，此心稍已去③。
值欢无复娱，每每多忧虑④。
气力渐衰损，转觉日不如⑤。
壑舟无须臾，引我不得住⑥。
前途当几许？未知止泊处⑦。
古人惜寸阴，念此使人惧。

---

①无乐自欣豫：没有高兴事内心也很快乐。欣豫：欣喜，愉快。 ②猛志：雄心壮志。逸：超越。骞翮（qiān hé）：展翅高飞。

骞：飞举。翮：鸟翅。翥（zhù）：飞翔。　③颓：下坠，落下。　④值欢无复娱：与“无乐自欣豫”相对应，意谓遇到值得高兴之事，内心也不感到愉快。　⑤日不如：一日不如一日。　⑥壑舟：《庄子·大宗师》：“夫藏舟于壑，藏山于泽，谓之固矣。然而夜半，有力者负之而走，昧者不知也。”比喻事物在不断变化，不可固守。　⑦止泊处：停船之处，此指人生归宿。

昔闻长老言，掩耳每不喜①。
奈何五十年，忽已亲此事②。
求我盛年欢，一毫无复意③。
去去转欲远，此生岂再值④。
倾家时作乐，竟此岁月驶⑤。
有子不留金，何用身后置⑥！

---

①长老言：老人回忆往事。陆机《叹逝赋》序：“昔每闻长老追计平生同时亲故，或凋落已尽，或仅有存者。”　②亲此事：亲历此事。　③一毫无复意：即“无复一毫意”，意谓不再有丝毫当初欢乐之心境。　④值：遇到，相逢。　⑤倾家：倾尽家中财物。竟：完，了结。驶：流逝。　⑥有子不留金：用汉代疏广事。《汉书·疏广传》载：疏广官至太傅，后辞归乡里，以所受金每日设宴款待亲朋。别人劝他留些金钱为子孙置田产，他说：“吾岂老悖不念子孙哉！顾自有旧田庐，令子孙勤力其中，足以共衣食，与凡人齐。今复增益之以为赢余，但教子孙怠堕耳。贤而多

财，则损其志；愚而多财，则益其过。且夫富者，众人之怨也；吾既亡以教化子孙，不欲益其过而生怨。又此金者，圣主所以惠养老臣也，故乐与乡党宗族共飨其赐，以尽吾余日，不亦可乎！”

日月不肯迟，四时相催迫①。
寒风拂枯条，落叶掩长陌。
弱质与运颓，玄鬓早已白②。
素标插人头，前途渐就窄③。
家为逆旅舍，我如当去客④。
去去欲何之，南山有旧宅⑤。

---

①迟：缓行，放慢速度。　②弱质：虚弱体质。与运颓：随时运而衰颓。玄：黑。　③素标：白色标记，此指白发。就：趋，归。　④逆旅舍：迎宾客店。逆：迎。《列子·仲尼篇》：“处吾之家，如逆旅之舍。”　⑤之：往。南山：庐山。旧宅：此指陶氏墓地。作者《自祭文》：“陶子将辞逆旅之馆，永归于本宅。”

代耕本非望，所业在田桑①。
躬亲未曾替，寒馁常糟糠②。
岂期过满腹，但愿饱粳粮③。
御冬足大布，粗絺以应阳④。
正尔不能得，哀哉亦可伤⑤。
人皆尽获宜，拙生失其方⑥。

理也可奈何，且为陶一觞。

---

①代耕：以官俸代替种田收入，即当官食俸禄。《孟子·万章下》："下士与庶人在官者同禄，禄足以代其耕也。" ②躬亲：亲自。此指亲自农耕。替：废弃。馁：饥饿。糟糠：酒糟和谷糠，指粗劣食物。 ③过满腹：吃得过饱。《庄子·逍遥游》："偃鼠饮河，不过满腹。"粳（jīng）：粳稻，大米。 ④大布：粗布。絺（chī）：葛布。应：遮挡。阳：夏日骄阳。 ⑤正尔不能得：仅仅这些亦不可得。 ⑥尽获宜：各得其宜，各得其所。拙：自谓。生：生计。方：方法。

和刘柴桑①

山泽久见招，胡事乃踌躇②？
直为亲旧故，未忍言索居③。
良辰入奇怀，挈杖还西庐④。
荒涂无归人，时时见废墟。
茅茨已就治，新畴复应畬⑤。
谷风转凄薄，春醪解饥劬⑥。
弱女虽非男，慰情良胜无⑦。
栖栖世中事，岁月共相疏⑧。
耕织称其用，过此奚所须⑨。

去去百年外，身名同翳如⑩。

---

①刘柴桑：名程之，字仲思，彭城（今江苏徐州）人，曾做过柴桑县令，故称。入宋后隐居不仕，人又称之刘遗民。他与周续之、陶渊明被称为“浔阳三隐”。　②山泽：山林水泽，即隐居之地。此指刘遗民劝作者隐居庐山。胡事：何事。踌躇：犹豫。　③直：只。索居：离群独居。　④奇怀：脱俗之胸襟。挈（qiè）杖：持杖，提杖。挈：提。西庐：陶渊明在柴桑上京里之旧居。因在九江西南，故称“西庐”。　⑤茅茨（cí）：茅屋。茨：以芦苇、茅草覆盖屋顶。治：修整。新畴：新田。畬（yú）：开垦过三年之旧田。《尔雅·释地》：“田，一岁曰菑（zāi），二岁曰新田，三岁曰畬。”　⑥谷风：东风。凄薄：寒意逼人。薄：迫。春醪（láo）：春酒。劬（qú）：疲劳。　⑦弱女虽非男：此句有两解。一谓刘柴桑无子，故有此说。一谓“弱女”喻薄酒。　⑧栖栖：忙碌不安貌。疏：疏远。　⑨称：符合，适合。须：要求，需求。　⑩去去：岁月渐渐流逝。百年外：死后。翳（yì）如：隐没，消失。

酬刘柴桑

穷居寡人用，时忘四运周①。

空庭多落叶，慨然知已秋。

新葵郁北墉，嘉穟养南畴[2]。
今我不为乐，知有来岁不[3]？
命室携童弱，良日登远游[4]。

---

①穷居：偏僻之住处。人用：人事应酬。四运：四时运行。周：周而复始，循环。 ②葵：冬葵，一种蔬菜。郁：繁盛貌。墉（yōng）：城墙，高墙。墉，一作“牖”（yǒu），意为窗户。穟：同“穗”。畴：田地。 ③不：同“否”。 ④室：妻室。童弱：子侄等。登远游：实现远游。登：成也。

丙辰岁八月中于下潠田舍获[1]

贫居依稼穑，勠力东林隈[2]。
不言春作苦，常恐负所怀[3]。
司田眷有秋，寄声与我谐[4]。
饥者欢初饱，束带候鸣鸡[5]。
扬楫越平湖，泛随清壑回[6]。
郁郁荒山里，猿声闲且哀[7]。
悲风爱静夜，林鸟喜晨开[8]。
曰余作此来，三四星火颓[9]。
姿年逝已老，其事未云乖[10]。
遥谢荷蓧翁，聊得从君栖[11]。

①丙辰：晋安帝义熙十二年（416）。下潠（xùn）：溢水下泛之地。《一切经音义》引《通俗文》："水溢曰潠。" ②稼穑（sè）：耕种与收获，泛指农业劳动。勠（lù）力：勉力。东林隈（wēi）：地名。隈：山水等弯曲处，角落。 ③春作：春耕。负所怀：辜负归隐躬耕之初衷。 ④司田：本为管农事之官名，此指为陶渊明管理田庄之人。眷：顾之深也。有秋：秋收，收获。《尚书·盘庚》："若农服田力穑，乃亦有秋。"寄声：托人带口信。谐：和合。 ⑤束带：束好衣带，即穿好衣服。鸣鸡：天亮。 ⑥扬楫（jí）：举桨划船。泛：泛舟。壑：山沟。⑦郁郁：草木繁盛貌。闲：大。 ⑧悲风：凄厉之秋风。爱静夜：意谓好在静夜中呼啸。 ⑨作此：意指归隐力耕。三四星火颓：经历了十二年。三四：十二。星火：即火星。颓：下移。夏历五月，火星出现于正南方，六月以后偏西，入秋后更低向西方，故曰"颓"。 ⑩姿年：姿容与年龄。其事：农耕之事。乖：违背，背弃。 ⑪荷蓧翁：见《癸卯岁始春怀古田舍二首》其一注⑦。栖：止息，居住。

示周续之祖企谢景夷三郎①

负痾颓檐下，终日无一欣②。

药石有时闲，念我意中人③。

相去不寻常，道路邈何因④？
周生述孔业，祖谢响然臻⑤。
道丧向千载，今朝复斯闻⑥。
马队非讲肆，校书亦已勤⑦。
老夫有所爱，思与尔为邻。
愿言诲诸子，从我颖水滨⑧。

---

①周续之：字道祖，博通五经，入庐山事释慧远，与刘遗民、陶渊明号称“浔阳三隐”。祖企、谢景夷：据萧统《陶渊明传》所记，二人皆为州学士。三郎：即三人。郎：一般男子之尊称。②痾（ē）：病。颓檐：破败房屋。欣：欢喜。　③药石：即药物。闲：通“间”，间断。意中人：指周续之等三人。　④不寻常，言不近也。寻常：古代计量单位，八尺为寻，倍寻为常。邈：遥远。　⑤周生：即周续之。述孔业：传授孔孟儒教。周续之尝于安乐寺讲礼月余，与诸生辩析精奥。见《宋书》续之传。祖谢：祖企、谢景夷。响然臻（zhēn）：谓应声而至。孔融《荐祢衡表》有“群士响臻”句。　⑥道：孔孟之道。向：将近。复斯闻：即“复闻斯”。斯：这，指“道”。　⑦马队：养马之处。讲肆：讲堂，讲舍。校（jiào）书：校对、订正书籍。时续之与祖谢二人在城北讲礼，加以雠校，所住公廨近马队，故云。　⑧诲：劝说，教育。颖水滨：晋皇甫谧《高士传》记，传说尧时有隐士许由，隐居于颖水之滨，箕山之下，尧召其做官，许由不愿听，洗耳于颖水。陶此诗意在以隐居相召。

赠羊长史并序

左军羊长史衔使秦川①，作此与之。

愚生三季后，慨然念黄虞②。
得知千载上，正赖古人书③。
贤圣留余迹，事事在中都④。
岂忘游心目，关河不可逾⑤。
九域甫已一，逝将理舟舆⑥。
闻君当先迈，负痾不获俱⑦。
路若经商山，为我少踌躇⑧。
多谢绮与甪，精爽今何如⑨？
紫芝谁复采？深谷久应芜⑩。
驷马无贳患，贫贱有交娱⑪。
清谣结心曲，人乖运见疏⑫。
拥怀累代下，言尽意不舒⑬。

---

①左军：左将军朱龄石。羊长史：羊松龄，当时为左将军长史。长史：将军之属官，掌理幕府事宜。衔使：奉命出使。秦川：关中地区。义熙十三年（417），太尉刘裕伐秦，破长安，秦主姚泓诣建康，受诛，时左将军朱龄石遣长史羊松龄往关中称贺。 ②愚：自谦之辞。三季：夏、商、周三代之末。《汉书·叙传下》：“三季

之后，厥事放纷。”颜师古注：“三季，三代之末也。”黄虞：黄帝、虞舜。　③千载上：千年以上之事。赖：依赖，依靠。④余迹：犹遗迹。中都：中州，指洛阳、长安一带之中原地区。⑤游心目：游心纵目。关河：关隘河流。逾：越过。　⑥九域：九州，指全国。甫：开始。一：统一。逝：发语词。理舟舆：整顿车船，准备出发。　⑦先迈：先行。负痾（ē）：抱病。不获俱：不能同往。　⑧商山：地名，在今陕西商洛。踌躇：驻足，停留。　⑨绮与甪（lù）：指崎里季和甪里先生。甪亦作“角”。他们同东园公，夏黄公为避秦乱隐居商山，被称为“商山四皓”（事见晋皇甫谧《高士传》）。精爽：精神，魂魄。《左传·昭公二十五年》：“心之精爽，是谓魂魄。”　⑩紫芝：真菌之一种，似灵芝。传说四皓在商山隐居时常采而充饥。　⑪贳（shì）：赦免，宽纵。交：两相接触，相逢。娱：快乐之事。隋释智匠《古今乐录》载，四皓隐于商山，作歌曰：“莫莫高山，深谷逶迤，晔晔紫芝，可以疗饥。唐虞世远，吾将何归？驷马高盖，其忧甚大。富贵之畏人兮，不如贫贱之肆志。”　⑫清谣：清新之歌谣，即上引四皓所作歌。结心曲：牢记于内心深处。乖：背离。⑬拥怀：积累于胸中。累代：许多代。意不舒：意未尽。舒：伸展。

饮酒二十首并序

余闲居寡欢，兼秋夜已长，偶有名酒，无夕不饮。顾影独尽，忽焉复醉①。既醉之后，辄题数句自娱②。纸墨遂多，辞无诠次③。聊命故人书之，以为欢笑尔。

衰荣无定在，彼此更共之④。
邵生瓜田中，宁似东陵时⑤。
寒暑有代谢，人道每如兹⑥。
达人解其会，逝将不复疑⑦。
忽与一觞酒，日夕欢相持⑧。

---

①顾影：看着自己的身影。独尽：独自干杯。忽焉：很快地。②辄：往往，总是。③诠（quán）次：选择和编次。④衰荣：衰败与繁荣。无定在：无定数。更：交替，更迭。⑤邵生：即邵平。《史记·萧相国世家》载，邵平秦时为东陵侯，秦亡后为平民，因家贫而种瓜于长安城东，前后处境截然不同。⑥代谢：更替。人道：人世。⑦达人：通达事理之人。会：指理之所在。逝：假借为“誓”。⑧忽：尽快。觞：酒杯。持：拿着。

积善云有报，夷叔在西山①。
善恶苟不应，何事空立言②？
九十行带索，饥寒况当年③。
不赖固穷节，百世当谁传④。

①有报：有报应，此指善报。夷叔：伯夷、叔齐，商朝孤竹君二子。周灭商后，二人耻食周粟，隐于首阳山，采薇（指野菜）而食，最后饿死。见《史记·伯夷列传》。西山：即首阳山。　②苟：如果。何事：为什么。立言：树立格言。《史记·伯夷列传》："或曰：'天道无亲，常与善人。'若伯夷叔齐，可谓善人者非耶？积仁絜行如此而饿死。"　③九十行带索：《列子·天瑞》载隐士荣启期家贫，行年九十，以绳索为衣带，鼓琴而歌，能安贫自乐。况：甚，更加。当年：壮年。　④固穷节：甘居穷困，不失气节。《论语·卫灵公》："子曰：君子固穷，小人穷斯滥矣。"

道丧向千载，人人惜其情①。
有酒不肯饮，但顾世间名②。
所以贵我身，岂不在一生？
一生复能几？倏如流电惊③。
鼎鼎百年内，持此欲何成④？

①道：谓率真自然之本性。向：将近。惜其情：吝惜心之所好，意谓只顾恋虚名。　②世间名：世俗之虚名。　③复能

几：又能有多久。几：几何，几多时。倏（shū）：迅疾貌。流电：闪电。　④鼎鼎：扰攘貌。此：指“世间名”。

栖栖失群鸟，日暮犹独飞①。
徘徊无定止，夜夜声转悲。
厉响思清远，去来何依依②。
因值孤生松，敛翮遥来归③。
劲风无荣木，此荫独不衰。
托身已得所，千载不相违。

①栖栖：不安貌。　②厉响：谓鸣声激越。依依：思恋貌。　③值：遇。敛翮：敛翅停飞。

结庐在人境，而无车马喧①。
问君何能尔？心远地自偏②。
采菊东篱下，悠然见南山③。
山气日夕佳，飞鸟相与还④。
此中有真意，欲辩已忘言⑤。

①结庐：建造房屋。人境：人间，人世。车马喧：车马往来之喧闹声。此指世俗应酬。　②尔：如此，这样。心远：内心清静，超脱世俗。偏：偏僻，偏远。　③悠然：闲适自得貌。南山：庐山。　④山气：山间云气。日夕：黄昏。相与还：结伴归

巢。　⑤真意：淳真自然之意。《庄子·渔父》："真者，所以受于天也，自然不可易也。故圣人法天贵真，不拘于俗。"辩：辩析，玩味。《庄子·齐物论》："辩也者，有不辩也，大辩无言。"忘言：《庄子·外物》："言者所以在意也，得意而忘言。"此二句涉及魏晋玄学言意之辩，意谓从大自然得到启发。领悟到人生真谛，但这无法用言语表达，也无须用言语表达。

行止千万端，谁知非与是。
是非苟相形，雷同共誉毁①。
三季多此事，达士似不尔②。
咄咄俗中愚，且当从黄绮③。

---

①苟：姑且，暂且。相形：互相比较。雷同：人云亦云。《礼记·曲礼上》："毋剿说，毋雷同。"郑玄注："雷之发声，物无不同时应者，人之言当各由己，不当然也。"《楚辞·九辩》："世雷同而炫曜兮，何毁誉之昧昧！"　②三季：夏商周三代之末期。达士：明达之人。尔：那样。　③咄咄（duō）：惊怪声。俗中愚：世俗愚者。黄绮：夏黄公与绮里，代指"商山四皓"。

秋菊有佳色，裛露掇其英①。
泛此忘忧物，远我遗世情②。
一觞虽独进，杯尽壶自倾③。
日入群动息，归鸟趋林鸣④。

啸傲东轩下，聊复得此生⑤。

---

①裛（yì）：通“浥”，沾湿。掇（duō）：采摘。英：指菊花。②泛此：漂浮菊花，即以菊花泡酒中。忘忧物：酒。《文选》卷三十李善注：“《毛诗》曰：‘微我无酒，以遨以游。’毛苌曰：‘非我无酒，可以忘忧。’潘岳《秋菊赋》曰：‘泛流英于清醴，似浮萍之随波。’”遗世情：遗弃世俗之情怀。 ③进：饮酒。壶自倾：由酒壶往杯中续酒。 ④群动：各类动物。息：歇息，停息。趋林：飞向林中。 ⑤啸傲：狂放无拘束。轩：窗。此生：此生之乐。

青松在东园，众草没其姿。
凝霜殄异类，卓然见高枝①。
连林人不觉，独树众乃奇②。
提壶挂寒柯，远望时复为③。
吾生梦幻间，何事绁尘羁④！

---

①凝霜：凝结之霜露。殄（tiǎn）：灭。卓然：高挺貌。见：同“现”，显露。 ②连林：树木相连成林。乃：才。 ③壶：酒壶。柯：树枝。远望时复为：“时复为远望”之倒。意谓时时向远处眺望。 ④何事：为什么。绁（xiè）：束缚，捆绑。尘羁：尘世之羁绊。

清晨闻叩门，倒裳往自开①。
问子为谁与？田父有好怀②。
壶浆远见候，疑我与时乖③。
褴缕茅檐下，未足为高栖④。
一世皆尚同，愿君汩其泥⑤。
深感父老言，禀气寡所谐⑥。
纡辔诚可学，违己讵非迷⑦。
且共欢此饮，吾驾不可回。

①倒裳：颠倒衣裳，匆忙貌。《诗·齐风·东方未明》："东方未明，颠倒衣裳。"　②子：古代对男子之尊称。田父：老农。好怀：好心。　③壶浆：酒。远见候：谓远道而来，给予问候。疑：怪。乖：违背，不合。　④褴缕：衣服破烂貌。高栖：高隐。　⑤一世：举世。尚同：以与世俗同流为好。同：此指随波逐流，盲从附和。《论语·子路》："君子和而不同，小人同而不和。"汩（gǔ）：同"淈"，搅浑。《楚辞·渔父》："屈原曰：'举世皆浊而我独清，众人皆醉而我独醒，是以见放。'渔父曰：'夫圣人者不凝滞于物，而能与世推移。举世皆浊，何不淈其泥而扬其波？"　⑥禀气：禀性。谐：合。　⑦纡辔：放松马缰缓行。纡：曲，引申为放松。违己：违背己之初衷。讵：岂。迷：迷失，糊涂。

在昔曾远游，直至东海隅。
道路迥且长，风波阻中涂①。
此行谁使然，似为饥所驱。
倾身营一饱，少许便有余②。
恐此非名计，息驾归闲居③。

---

①迥（jiǒng）：远。涂：通“途”。　②倾身：竭尽全力。营：谋求。少许：一点点。　③非名计：不是求取名誉之良策。息驾：停止车驾，指弃官。

颜生称为仁，荣公言有道①。
屡空不获年，长饥至于老②。
虽留身后名，一生亦枯槁。
死去何所知，称心固为好。
客养千金躯，临化消其宝③。
裸葬何必恶，人当解意表④。

---

①颜生：即颜回，孔子最得意之弟子。称为仁：以仁德著称。《论语·雍也》：“子曰：回也，其心三月不违仁。”《孔子家语》：“回之德行著名，孔子称其仁焉。”荣公：荣启期，春秋时隐士。见本组诗其二注③。有道：指荣启期安贫乐道。《列子·天瑞》：“孔子问（荣启期）曰：‘先生所以乐，何也？’对曰：‘吾乐甚多：天生万物，唯人为贵，吾得为人，一乐也；男女之

别，男尊女卑，故男为贵，吾得为男矣，是二乐也；人生有不见日月，不免襁褓者，吾既已行年九十矣，是三乐也。贫者，士之常也，死者，人之终也；处常得终，当何忧哉！’” ②屡空：谓颜回生活贫困，食用经常空乏。《论语·先进》：“子曰：回也其庶乎？屡空。”不获年：不得长寿，此指颜回英年早逝。《史记·仲尼弟子列传》：“回年二十九，发尽白。蚤（早）死。”长饥至于老：谓荣启期一生穷困直到老死。 ③客：人生如过客。养：保养。千金躯：犹贵体。化：死。宝：此指荣誉、名声。《古诗十九首》：“人生非金石，岂能长寿考？奄忽随物化，荣名以为宝。” ④裸葬：裸体埋葬。《汉书·杨王孙传》载，杨王孙病危时嘱其子曰：“吾欲裸葬，以反吾真。死则为布囊盛尸，入地七尺，既下，从足引脱其囊，以身亲土。”意表：此指杨王孙言外之意。

长公曾一仕，壮节忽失时①。
杜门不复出，终身与世辞②。
仲理归大泽，高风始在兹③。
一往便当已，何为复狐疑④？
去去当奚道，世俗久相欺⑤。
摆落悠悠谈，请从余所之⑥。

---

①长公：张挚，字长公，西汉人。《史记·张释之列传》载张挚“官至大夫，免。以不能取容当世，故终身不仕”。壮节：壮年。失时：失去从政时机。 ②杜门：闭门不出。杜：堵塞，断

绝。　③仲理：东汉杨伦。《后汉书·儒林传》："杨伦，字仲理……为郡文学掾。志乖于时，遂去职，不复应州郡命。讲授于大泽中，弟子至千余人。"高风：高尚操守。　④往：去，指退隐。　⑤去去：犹言"且罢""罢了"。曹植《杂诗》："去去莫复道，沉忧令人老。"当奚道：尚何言。　⑥摆落：摆脱。悠悠谈：世俗妄议是非之语。《晋书·王导传》："悠悠之谈，宜绝智者之口。"

有客常同止，取舍邈异境①。
一士长独醉，一夫终年醒。
醒醉还相笑，发言各不领②。
规规一何愚，兀傲差若颖③。
寄言酣中客，日没烛当秉④。

---

①止：居。邈异境：境界迥然不同。　②领：领会，理解。③规规：浅陋拘泥貌。《庄子·秋水》："于乃规规然而求之以察，索之以辩。是直用管窥天，用锥指地也。"兀傲：傲然，不拘礼节貌。差若颖：比较而言聪明些。　④酣中客：畅饮之人。烛当秉：意谓夜以继日秉烛而饮。《古诗十九首》："昼短苦夜长，何不秉烛游。"

故人赏我趣，挈壶相与至①。
班荆坐松下，数斟已复醉②。

父老杂乱言，觞酌失行次③。
不觉知有我，安知物为贵。
悠悠迷所留，酒中有深味④。

---

①故人：老朋友。挈（qiè）壶：提壶。　②班荆：铺荆于地。《左传·襄公二十六年》："班荆相与食，而言复故。"杜预注："班，布也，布荆坐地。"荆：落叶灌木，此指荆棘杂草。③行次：斟酒饮酒之先后次序。此二句意谓不拘礼节。　④悠悠：醉后恍惚貌。迷所留：不知所止，不知身在何处。

贫居乏人工，灌木荒余宅①。
班班有翔鸟，寂寂无行迹②。
宇宙一何悠，人生少至百③。
岁月相催逼，鬓边早已白。
若不委穷达，素抱深可惜④。

---

①乏人工：缺少劳力帮手。　②班班：显明。　③悠：久远。少至百：很少活到百岁。　④委：听任。穷达：穷达之命。素抱：平素之怀抱、志向。

少年罕人事，游好在六经①。
行行向不惑，淹留遂无成②。
竟抱固穷节，饥寒饱所更③。

弊庐交悲风，荒草没前庭。
披褐守长夜，晨鸡不肯鸣④。
孟公不在兹，终以翳吾情⑤。

---

①罕人事：很少世俗交往。游好：流连爱好。六经：六种儒家经典，即《诗》《书》《易》《礼》《乐》《春秋》。　②行行：行走不停，此喻时光流逝。向：接近。不惑：四十岁。《论语·为政》："四十而不惑。"淹留：久留。无成：功名事业无所成就。③竟：最终。抱：坚持。固穷节：穷困时固守节操。饱：饱经，饱受。更：经历。　④褐（hè）：粗布或粗布衣服。　⑤孟公：东汉刘龚，字孟公。皇甫谧《高士传》载："张仲蔚者，平陵人也。好诗赋，常居穷素，所处蓬蒿没人。闭门养性，不治荣名，时人莫识，惟刘龚知之。"翳（yì）：遮蔽，隐没。

幽兰生前庭，含薰待清风①。
清风脱然至，见别萧艾中②。
行行失故路，任道或能通③。
觉悟当念还，鸟尽废良弓④。

①薰：香气。　②脱然：轻快貌。萧艾：野蒿，杂草。《楚辞·离骚》："何昔日之芳草兮，今直为此萧艾也。"　③任道：顺应自然之道。　④念还：归隐。鸟尽废良弓：《史记·越王勾践世家》："蜚（飞）鸟尽，良弓藏；狡兔死，走狗烹。"作

者以此话自警。

子云性嗜酒，家贫无由得①。
时赖好事人，载醪祛所惑②。
觞来为之尽，是咨无不塞③。
有时不肯言，岂不在伐国④。
仁者用其心，何尝失显默⑤。

---

①子云：扬雄，字子云，西汉学者。　②好事人：多事之人，此指勤学好问者。载醪（láo）：带着酒。祛（qū）：除去，驱逐。《汉书·扬雄传》载扬雄“家素贫，耆（嗜）酒，人希至其门。时有好事者载酒肴从游学”。　③是咨：凡是所询问者。无不塞：无不得到满意之答复。咨：询问。塞：充实，充满。④伐国：攻打别国。《汉书·董仲舒传》：“闻昔者鲁君问柳下惠：‘吾欲伐齐，何如？’柳下惠曰：‘不可。’归而有忧色，曰：‘吾闻伐国不问仁人，此言何为至于我哉！’”　⑤失：过失，差错。显默：显达与寂寞。

畴昔苦长饥，投耒去学仕①。
将养不得节，冻馁固缠己②。
是时向立年，志意多所耻③。
遂尽介然分，终死归田里④。
冉冉星气流，亭亭复一纪⑤。

世路廓悠悠，杨朱所以止⑥。
虽无挥金事，浊酒聊可恃⑦。

---

①畴昔：往昔，过去。投耒（lěi）：放下农具。　②将养：休息，调养。不得节：不得法。节：法度。馁（něi）：饥饿。　③向立年：将近三十岁。《论语·为政）：“三十而立。”陶渊明二十九岁始仕为江州祭酒，故曰“向立年”。志意多所耻：内心因出仕而感到羞耻。　④遂：于是，终于。尽：使出，充分表现出来。介然：耿介，坚贞。分：原则，本分。《荀子·修身》：“善在身，介然必以自好也。”杨倞注：“介然，坚固貌。”田里：田园，故居。　⑤冉冉：渐渐。星气流：星宿节气运行变化。亭亭：久远貌。一纪：十二年。　⑥廓：空。悠悠：远。杨朱：战国时卫人。止：止步。《淮南子·说林训》：“杨子见逵路（即歧路）而哭之，为其可以南，可以北。”　⑦挥金事：用汉代疏广事，参《杂诗十二首》其六注⑥。

羲农去我久，举世少复真①。
汲汲鲁中叟，弥缝使其淳②。
凤鸟虽不至，礼乐暂得新③。
洙泗辍微响，漂流逮狂秦④。
诗书复何罪？一朝成灰尘⑤。
区区诸老翁，为事诚殷勤⑥。
如何绝世下，六籍无一亲⑦。

终日驰车走，不见所问津⑧。
若复不快饮，空负头上巾⑨。
但恨多谬误，君当恕醉人。

---

①羲农：伏羲、神农。去：离。真：真淳之社会风尚。②汲汲：急切貌。鲁中叟：鲁国老人，指孔子。弥缝：弥补缝合。《左传·僖公二十六年》："弥缝其阙，而匡救其灾。" ③凤鸟：《论语·子罕》："子曰：凤鸟不至，河不出图，吾已矣夫！"礼乐暂得新：《史记·孔子世家》："孔子之时，周室微而礼乐废"，后经孔子补救整理，"礼乐自此可得而述"，因又得以复兴。 ④洙泗：二水名，在今山东曲阜，乃孔子讲学之地。辍（chuò）：中止，停息。微响：精微高妙之言。漂流：时光流逝。逮（dài）：至，到。狂秦：狂暴之秦朝。 ⑤此二句指秦始皇焚书之事。 ⑥区区：诚恳貌。诸老翁：指西汉初年传授经学之饱学长者如伏生等人。为事：传授经学之事。 ⑦绝世：汉代灭亡以后。六籍：六经。亲：亲近。 ⑧驰车走：追逐名利之徒奔走不息。走：奔跑。问津：见《癸卯岁始春怀古田舍二首》其二注⑥。 ⑨快饮：痛饮，畅饮。头上巾：此指陶渊明自己所戴之漉（lù，过滤）酒巾。《宋书·隐逸传》载，渊明"值其酒熟，取头上葛巾漉酒。毕，还复著之"。

怨诗楚调示庞主簿邓治中[①]

天道幽且远，鬼神茫昧然②。
结发念善事，僶俛六九年③。
弱冠逢世阻，始室丧其偏④。
炎火屡焚如，螟蜮恣中田⑤。
风雨纵横至，收敛不盈廛⑥。
夏日长抱饥，寒夜无被眠。
造夕思鸡鸣，及晨愿乌迁⑦。
在己何怨天，离忧凄目前⑧。
吁嗟身后名，于我若浮烟。
慷慨独悲歌，钟期信为贤⑨。

---

①怨诗楚调：汉乐府相和歌辞中有楚调，楚调曲中有《怨诗行》。本诗即模仿这种体裁。庞主簿：庞遵，字通之，陶渊明故友，主簿乃其官职。邓治中：事迹不详，亦陶渊明朋友，治中亦为官职。　②天道：天理。幽且远：深邃而玄远。茫昧然：茫然幽暗貌。　③结发：犹“束发”，即年轻时。一般指十五岁以上。参《大戴礼·保傅》及《礼记·内则》注。念善事：欲做好事、积善德。僶俛（mǐn miǎn）：勤勉，努力。六九年：五十四岁。　④弱冠：二十岁。《礼记·曲礼上》：“二十曰弱，冠。”古代男子二

十岁行冠礼。世阻：世道险阻。始室：三十岁。《礼记·内则》："三十而有室，始理男事。"丧其偏：丧妻。古时称丧妻或丧夫为偏丧。 ⑤炎火：炎日似火。焚如：火烧一般。螟蜮（míng yù）：稻田中两种害虫。《吕氏春秋·任地》："又无螟蜮。"高诱注："食心曰螟，食叶曰蜮。"恣：恣意，放纵。 ⑥收敛：收获。不盈廛（chán）：不足维持一家生活。盈：满。廛：一家之居。 ⑦造夕：到晚上。乌迁：太阳迁移，即太阳下山。传说日中有三足乌，故名金乌。 ⑧离忧：遭遇忧患，离：通"罹"。 ⑨钟期：钟子期。《列子·汤问》："伯牙鼓琴，志在高山，钟子期曰：'峨峨然若泰山'。志在流水，曰：'洋洋然若江河'。子期死，伯牙绝弦，以无知音者。"陶渊明在此借钟子期喻庞主簿、邓治中为知音。

于王抚军座送客①

秋日凄且厉，百卉具已腓②。
爰以履霜节，登高饯将归③。
寒气冒山泽，游云倏无依④。
洲渚四缅邈，风水互乖违⑤。
瞻夕欣良宴，离言聿云悲⑥。
晨鸟暮来还，悬车敛余晖⑦。
逝止判殊路，旋驾怅迟迟⑧。

目送回舟远，情随万化遗⑨。

---

①王抚军：王弘，时任江州刺史。客：指庾登之和谢瞻。庾登之原任西阳太守，时被征还京。谢瞻时任豫章大守。　②百卉：百草。腓（féi）：草木枯萎。　③爰：于是。履霜节：九月。《诗·豳风·七月》："九月肃霜。"饯（jiàn）：设酒食送行。　④冒：覆盖。　⑤洲渚：水中陆地。《尔雅·释水》："水中可居者，洲；小洲曰渚。"缅邈：遥远貌。风水互乖违：风向与水流方向相反。乖违：违背，分离。　⑥离言：离别之辞。聿（yù）：语助词。　⑦悬车：黄昏之前。《淮南子·天文训》："日出于旸谷……至于悲泉，爰止其女，爰息其马，是谓悬车。至于虞渊，是谓黄昏。"敛余晖：夕阳渐收余光。　⑧逝止：谓行者与留者留。判：判然，分别。旋驾：回车。迟迟：缓慢貌。　⑨回舟：归去之舟。万化：宇宙自然之变化。遗：遗落，消失。

和胡西曹示顾贼曹①

蕤宾五月中，清朝起南飔②。
不驶亦不迟，飘飘吹我衣③。
重云蔽白日，闲雨纷微微④。
流目视西园，晔晔荣紫葵⑤。
于今甚可爱，奈何当复衰。

感物愿及时，每恨靡所挥⑥。
悠悠待秋稼，寥落将赊迟⑦。
逸想不可淹，猖狂独长悲⑧。

---

①西曹、贼曹：州从事官名。胡西曹、顾贼曹二人名字及事迹均不详。　②蕤（ruí）宾：五月。《礼记·月令》：“仲夏之月……律中蕤宾。”古以乐律中十二律配十二月，蕤宾当为仲夏之月，即五月。清朝：清晨。飔（sī）：凉风。　③驶：迅疾。迟：缓慢。　④重云：层云。闲雨：细雨不疾也。　⑤流目：放眼随意观看。晔晔（yè）：美盛貌。荣：开花。紫葵：蔬菜名。⑥感物：有感于物。靡所挥：没有酒饮。挥：举杯饮酒。　⑦悠悠：遥远。待秋稼：等待秋收。寥落：稀疏冷落。赊（shē）迟：缓慢。　⑧逸想：遐想。淹：滞留。猖狂：恣意放纵，此指感情激荡。

五月旦作和戴主簿①

虚舟纵逸棹，回复遂无穷②。
发岁始俯仰，星纪奄将中③。
南窗罕悴物，北林荣且丰④。
神萍写时雨，晨色奏景风⑤。
既来孰不去，人理固有终⑥。

居常待其尽，曲肱岂伤冲⑦。
迁化或夷险，肆志无窊隆⑧。
即事如已高，何必升华嵩⑨。

---

①五月旦：五月初一。主簿：官名，主管文书簿籍。戴主簿事迹不详。　②虚舟：空船。逸：快。棹：船桨。空舟快棹，比喻迅速流逝之时光。《庄子·列御寇》："泛若不系之舟，虚而遨游。"回复：往来。　③发岁：开岁，一年之始。俯仰：俯仰之间，谓时间短暂。星纪：星次名。古代星岁纪年法，把周天划为十二分次，每分次有一专名，星纪即其中之一。奄：忽然。将中：将到年中，指五月。　④罕：少。悴：憔悴，干枯之物。荣且丰：繁荣茂盛。　⑤神萍：雨师。写：犹"泻"，倾注。奏：进，奉献。景风：夏风，南风。《说文·风部》："南方曰景风。"《史记·律书》："景风居南方。景者，言阳气道竟，故曰景风。"
⑥来、去：生死。人理：人生之道理。　⑦居常待其尽：安于贫困，等待命终。晋皇甫谧《高士传》："贫者，士之常也；死者，命之终也。居常以待终，何不乐也？"曲肱（gōng）：弯臂。《论语·述而》："饭疏食，饮水，曲肱而枕之，乐亦在其中矣。不义而富且贵，于我如浮云。"冲：虚，淡泊。　⑧迁化：时运变化。夷：平顺。肆志：随心任性。窊（wā）：低洼。隆：高。
⑨即事：就事，对眼前事物之认识。华嵩：华山与嵩山，皆神仙所居之地。

九日闲居并序

余闲居，爱重九之名①。秋菊盈园，而持醪靡由②，空服九华③，寄怀于言。

世短意常多，斯人乐久生④。
日月依辰至，举俗爱其名⑤。
露凄暄风息，气澈天象明⑥。
往燕无遗影，来雁有余声。
酒能祛百虑，菊为制颓龄⑦。
如何蓬庐士，空视时运倾⑧。
尘爵耻虚罍，寒华徒自荣⑨。
敛襟独闲谣，缅焉起深情⑩。
栖迟固多娱，淹留岂无成⑪？

---

①重九：农历九月九日。九属阳数，故重九又称重阳。重阳节，菊花盛开，古人有饮菊花酒之习俗，认为可以益寿延年。“九”、“酒”、“久”谐音，有长久之意。　②靡：无。由：来由，机缘。　③九华：重九之花，即菊花。华：同“花”。④世短意常多：人生短促，而愿望常多。斯：则，就。乐久生：乐于长寿。　⑤依辰至：按时而来。辰：时。举俗：整个社会。爱其名：喜爱重九之节名。曹丕《九月九日与钟繇书》：“岁往月来，忽复九月九日。九为阳数，而日月并应，俗嘉其名，以为宜于

长久。”　　⑥露凄：秋霜凄凉。暄风：暖风。气澈：空气清澈。天象明：天空明朗。　　⑦祛（qū）：除去。制：止。颓龄：衰暮之年。　　⑧蓬庐士：贫寒之士。倾：尽。　　⑨尘爵：积尘之酒杯。虚罍（léi）：空酒壶。此句谓酒杯生尘乃空酒壶之耻辱，意本《诗·小雅·蓼莪》：“瓶之罄矣，维罍之耻。”寒华：秋菊。徒：徒然。荣：开花。　　⑩敛襟：整理衣襟，正襟危坐。闲谣：悠然作歌。缅：沉思貌。　　⑪栖迟：游息，闲居。《诗·陈风·衡门》：“衡门之下，可以栖迟。”淹留：久留。

岁暮和张常侍①

市朝凄旧人，骤骥感悲泉②。
明旦非今日，岁暮余何言。
素颜敛光润，白发一已繁③。
阔哉秦穆谈，旅力岂未愆④。
向夕长风起，寒云没西山⑤。
厉厉气遂严，纷纷飞鸟还⑥。
民生鲜常在，矧伊愁苦缠⑦。
屡阙清酤至，无以乐当年⑧。
穷通靡攸虑，憔悴由化迁⑨。
抚己有深怀，履运增慨然⑩。

①岁暮：除夕。张常侍：当指张野。《莲社高贤传》："张野，字莱民，居浔阳柴桑，与渊明有婚姻契。"曾征拜散骑常侍，不就。 ②市朝：朝廷官府。《华阳国志》："京师，天下之市朝也。"骤骥：快马。悲泉：日落之处。《淮南子·天文训》："（日）至于悲泉，爰止其女，爰息其马。"此句谓光阴疾速。③素颜：苍白之颜。敛光润：面容憔悴，无光泽。一：语助词。繁：多。 ④阔：迂阔。秦穆：秦穆公。旅：同"膂"，脊梁骨。旅力：膂力。愆（qiān）：丧失。《尚书·秦誓》："番番良士，旅力既愆，我尚有之。" ⑤向夕：将近傍晚。 ⑥厉厉：犹冽冽，寒冷貌。 ⑦鲜：少。矧（shěn）：况且。矧伊：况此。 ⑧屡阙：经常缺。清酤：清酒。 ⑨穷通：穷困与显达。靡攸虑：无所虑。憔悴：此指衰老。由化迁：随自然之变迁。⑩抚己：省察自己。履运：遭逢时运。

拟古九首

荣荣窗下兰，密密堂前柳①。
初与君别时，不谓行当久。
出门万里客，中道逢嘉友。
未言心相醉，不在接杯酒②。
兰枯柳亦衰，遂令此言负。

多谢诸少年，相知不忠厚③。
意气倾人命，离隔复何有④？

---

①荣荣：繁盛貌。　②心相醉：内心为之倾倒，一见倾心。　③多谢：多多告诫。《古诗为焦仲卿妻作》：“多谢后世人，戒之慎勿忘。”　④意气：情谊，恩义。倾人命：送掉性命。离隔：离别、阻隔。

辞家夙严驾，当往志无终①。
问君今何行？非商复非戎。
闻有田子春，节义为士雄②。
斯人久已死，乡里习其风③。
生有高世名，既没传无穷④。
不学狂驰子，直在百年中⑤。

---

①夙：早晨。严驾：整治车驾。无终：地名，在今天津市蓟县。　②田子春：多作田子泰，即田畴。东汉无终人。《三国志·魏志·田畴传》载：董卓迁帝于长安，幽州牧刘虞欲遣使展节，遂属田畴为从事。畴至长安致命，诏拜骑都尉，畴以天子蒙尘，不可荷佩荣宠，固辞不受。及还，虞已为公孙瓒所灭。畴谒虞墓，陈章表，哭泣而去。瓒大怒，拘之，或说瓒囚义士，恐失众心，乃遣畴。畴北归，百姓归者五百余家，畴为约束，同举学校，北边翕然。士雄：人中豪杰。　③斯人：此人，即田畴。

④高世名：当世享有极高之名声。　⑤狂驰子：疯狂奔走追逐名利之人。直：仅。百年：一生。

仲春遘时雨，始雷发东隅①。
众蛰各潜骇，草木从横舒②。
翩翩新来燕，双双入我庐。
先巢故尚在，相将还旧居③。
自从分别来，门庭日荒芜。
我心固匪石，君情定何如④？

---

①仲春：农历二月，遘（gòu）：遇，逢。东隅：东方。　②蛰（zhé）：冬眠动物。潜骇：悄然惊醒。从横：即纵横。舒：舒展，谓草木自由生长。　③先巢：旧巢。相将：相偕。　④我心固匪石：《诗·邶风·柏舟》："我心匪石，不可转也。"意谓我心并非石头，不可随意搬动。定：究竟。

迢迢百尺楼，分明望四荒①。
暮作归云宅，朝为飞鸟堂②。
山河满目中，平原独茫茫。
古时功名士，慷慨争此场③。
一旦百岁后，相与还北邙④。
松柏为人伐，高坟互低昂⑤。
颓基无遗主，游魂在何方⑥。

荣华诚足贵，亦复可怜伤。

---

①迢迢：高远貌。分明：清楚。四荒：四方荒远之地。 ②归云宅：云气聚集之地。飞鸟堂：飞鸟聚集之地。 ③功名士：追逐功名利禄之人。此场：指山河、平原。 ④北邙（máng）：山名，在洛阳城北，汉魏君臣多葬此山。 ⑤互低昂：意谓坟堆高低不齐。昂：高。 ⑥颓基：倒塌之墓基。遗主：死者后代。

东方有一士，被服常不完①。
三旬九遇食，十年著一冠②。
辛苦无此比，常有好容颜③。
我欲观其人，晨去越河关。
青松夹路生，白云宿檐端。
知我故来意，取琴为我弹。
上弦惊别鹤，下弦操孤鸾④。
愿留就君住，从今至岁寒⑤。

---

①被服：所穿衣服。被：同“披”。不完：不完整，破烂。 ②三旬九遇食：三十天吃九顿饭。《说苑·立节》：“子思居卫，贫甚，三旬而九食。”著：戴。冠：帽子。 ③好容颜：愉悦之面容，此有安贫乐道之意。 ④上弦、下弦：前曲、后曲。别鹤、孤鸾：古琴曲名。此指隐士孤高之节操。 ⑤就：趋就，跟

从。至岁寒：《论语·子罕》：“岁寒，然后知松柏之后调也。”

苍苍谷中树，冬夏常如兹。
年年见霜雪，谁谓不知时①。
厌闻世上语，结友到临淄②。
稷下多谈士，指彼决吾疑③。
装束既有日，已与家人辞④。
行行停出门，还坐更自思⑤。
不怨道里长，但畏人我欺⑥。
万一不合意，永为世笑之⑦。
伊怀难具道，为君作此诗⑧。

---

①时：时令之变化。 ②世上语：世俗流言。临淄：地名，战国时齐国国都，在今山东省。 ③稷（jì）下：古地名，临淄城稷门附近地区。齐宣王曾招集文学、学术之士在此讲学。《史记·孟荀列传》：“齐之稷下，如淳于髡（kūn）、慎到、环渊、田骈、邹奭（shì）之属，各著书言治乱之事，以干世主。”谈士：善于言谈论辩之人，即稷下之士。指彼：指望他们。决吾疑：解决我之疑问。 ④装束：整备行装。既有日：已有好几日。 ⑤行行：道中徘徊，犹豫。 ⑥道里：道路里程。人我欺：即人欺我。人，指“谈士”。 ⑦不合意：见解不同。 ⑧伊：此。

日暮天无云，春风扇微和①。
佳人美清夜，达曙酣且歌②。
歌竟长叹息，持此感人多。
皎皎云间月，灼灼叶中华③。
岂无一时好，不久当如何！

---

①扇：风吹。　②美：喜爱。达曙：直到天明。　③皎皎：明亮貌。灼灼：鲜明貌。华：同“花”。

少时壮且厉，抚剑独行游①。
谁言行游近？张掖至幽州②。
饥食首阳薇，渴饮易水流③。
不见相知人，惟见古时丘④。
路边两高坟，伯牙与庄周⑤。
此士难再得，吾行欲何求⑥。

---

①壮且厉：身体强壮，性情刚烈。抚：持。　②张掖（yè）：地名，在今甘肃，古代西部边陲之地。幽州：地名，在今河北东北，古代北方边陲之地。　③饥食首阳薇：用伯夷、叔齐事，见《饮酒二十首》其二注①。易水：水名，源出河北易县。荆柯为燕太子丹刺秦王，至易水上，高渐离击筑，荆轲慷慨悲歌：“风萧萧兮易水寒，壮士一去兮不复还。”　④丘：指坟墓。⑤伯牙：俞伯牙，善弹琴，与钟子期为知音。事见《怨诗楚调示庞

主簿邓治中》诗注⑨。庄周：即庄子，战国时思想家。《庄子·徐无鬼》载，惠施死后，庄子以为再无人能与其论辩了。　⑥此士：这些人，指上述伯夷、叔齐、荆轲、伯牙、庄周等。

种桑长江边，三年望当采。
枝条始欲茂，忽值山河改①。
柯叶自摧折，根株浮沧海②。
春蚕既无食，寒衣欲谁待。
本不植高原，今日复何悔③！

---

①忽值：忽然遇到。山河改：山川河流变迁。此喻刘宋更替司马氏晋朝。　②柯：树枝。株：树干。　③本：草木之根。植：种植。此二句意谓，桑树本应植根于高原，却被种在长江边，自取毁灭，现在后悔又有何用。

游斜川并序

辛丑正月五日①，天气澄和②，风物闲美③，与二三邻曲④，同游斜川⑤。临长流，望曾城⑥。鲂鲤跃鳞于将夕⑦，水鸥乘和以翻飞⑧。彼南阜者⑨，名实旧矣⑩，不复乃为嗟叹。若夫曾城，傍无依接⑪，独秀中皋⑫，遥想灵山⑬，有爱嘉名⑭。欣对不足⑮，率尔赋诗⑯。悲日月之遂往，悼吾年之不留。各疏年纪乡里⑰，以记其时日。

开岁倏五日，吾生行归休⑱。
念之动中怀，及辰为兹游⑲。
气和天惟澄，班坐依远流⑳。
弱湍弛文鲂，闲谷矫鸣鸥㉑。
迥泽散游目，缅然睇曾丘㉒。
虽微九重秀，顾瞻无匹俦㉓。
提壶接宾侣，引满更献酬㉔。
未知从今去，当复如此不㉕？
中觞纵遥情，忘彼千载忧㉖。
且极今朝乐，明日非所求㉗。

---

①辛丑：为“辛酉”之误，当指南朝宋武帝永初二年（421）。 ②澄和：明净温和。 ③风物：风光，景物。闲：闲静。 ④邻曲：邻居。 ⑤斜川：地名。在陶渊明家乡。 ⑥曾城：山名。曾：同“层”。一名江南岭，在庐山北。 ⑦鲂（fáng）：鱼名。 ⑧和：和风。 ⑨南阜：南山，即庐山。 ⑩名实旧矣：名与实均为熟悉之物。 ⑪傍无依接：谓曾城高耸独立，无所依傍。 ⑫独秀：独自挺立。秀：突出。皋：水边高地。 ⑬灵山：此指昆仑山最高处。传说昆仑山为西王母及诸神仙所居，故曰灵山。《水经注》：“昆仑之山三级，下曰樊桐，一名板桐；二曰玄圃，一名阆风；上曰层城，一名天庭，是谓太帝之居。” ⑭嘉名：美名。 ⑮欣对不足：愉快面对曾城山赏景，尚不足尽

兴。　　⑯率尔：本意轻率，此作“即兴”解。　　⑰疏：分列。乡里：籍贯。　　⑱开岁：一年开始。行：即将。休：死亡。⑲动中怀：内心激荡不安。及辰：及时。　　⑳班坐：依次列坐。远流：长长之流水。　　㉑弱湍：水流舒缓。驰：快速游动。文鲂：有花纹之鲂鱼。闲谷：空谷。矫：飞。　　㉒迥泽：广阔之湖水。迥：远。散：随意。游目：放眼四望。缅然：沉思貌。睇（dì）：看。曾丘：即曾城。　　㉓微：无。九重：指昆仑山之曾城九重。顾瞻：环顾瞻望。匹俦：匹敌，匹配。　　㉔壶：酒壶。引满：斟满酒。献酬：互相劝酒。　　㉕从今去：从今后。不：同“否”。　　㉖中觞：饮酒至半。千载忧：《古诗十九首》之十五：“生年不满百，常怀千岁忧。”　　㉗极：尽。

乞　食

饥来驱我去，不知竟何之。
行行至斯里，叩门拙言辞。
主人解余意，遗赠岂虚来①？
谈谐终日夕，觞至辄倾杯②。
情欣新知欢，言咏遂赋诗③。
感子漂母惠，愧我非韩才④。
衔戢知何谢，冥报以相贻⑤。

①遗（wèi）：赠送。　　②谈谐：谈话融洽。觞至辄倾杯：

每次进酒都一饮而尽。 ③新知：新交朋友。言咏：吟咏。④感：感激。子：对人尊称。漂母惠：如漂母般恩惠。漂母，水边洗衣妇女。《史记·淮阴侯列传》载：当年韩信在城下钓鱼，一漂母怜他饥饿，施以饭食，韩信发誓日后必报答此恩。后韩信助刘邦灭项羽，被封楚王，果然赠漂母以千金。 ⑤衔戢（jí）：深藏于心。戢：藏。冥报：死后报答。贻：赠送。

有会而作并序

旧谷既没，新谷未登①，颇为老农②，而值年灾，日月尚悠③，为患未已。登岁之功④，既不可希⑤。朝夕所资⑥，烟火裁通⑦。旬日已来，始念饥乏。岁云夕矣，慨然永怀。今我不述，后生何闻哉！

弱年逢家乏，老至更长饥。
菽麦实所羡，孰敢慕甘肥⑧。
惄如亚九饭，当暑厌寒衣⑨。
岁月将欲暮，如何辛苦悲。
常善粥者心，深念蒙袂非⑩。
嗟来何足吝，徒没空自遗⑪。
斯滥岂彼志，固穷夙所归⑫。
馁也已矣夫，在昔余多师⑬。

①登：谷物成熟。　②颇为老农：久为老农。　③日月尚悠：日子还很长。悠：久远。　④登岁之功：一年之收成。⑤希：希望，指望。　⑥资：资用。　⑦烟火裁通：仅能维持不断吹。裁：同“才”。　⑧菽（shū）：豆类之总称。甘肥：精美食品。　⑨惄（nì）如：饥饿愁苦状。《诗·周南·汝坟》：“未见君子，惄如调饥。”毛传：“惄，饥意也。调，朝也。”郑玄笺：“惄，思也，未见君子之时，如朝饥之思食。”亚九饭：亚，次于。九饭，即“九食”，见《拟古九首》“东方有一士”注②。《说苑·立节》载，子思居卫国，非常贫困，“三旬而九食”。当暑厌寒衣：暑天穿着寒衣，谓贫穷而无夏衣更换。　⑩善：称许，称赞。粥者：施粥以赈济饥民之人。蒙袂（mèi）：用衣袖蒙住脸。袂：衣袖。　⑪嗟来：不礼貌之招呼声。《礼记·檀弓》：“齐大饥，黔敖为食于路，以待饿者而食之。有饿者蒙袂辑屦，贸贸然来。黔敖左奉食，右执饮，曰：‘嗟！来食。’扬其目而视之，曰：‘予唯不食嗟来之食，以至于斯也。’从而谢焉，终不食而死。”吝：羞耻。徒没：徒然饿死。自遗：自弃于世。⑫滥：无节制，胡作非为。《论语·卫灵公》：“君子固穷，小人穷斯滥矣。”夙所归：平素志向所期望达到者。　⑬馁（něi）：饥饿。在昔：过去。余多师：我有很多老师，意谓许多先贤值得效法。

挽歌诗三首

有生必有死，早终非命促①。
昨暮同为人，今旦在鬼录②。
魂气散何之，枯形寄空木③。
娇儿索父啼，良友抚我哭④。
得失不复知，是非安能觉。
千秋万岁后，谁知荣与辱。
但恨在世时，饮酒不得足。

---

①非命促：并非生命短促。意谓早死属于自然规律，生命并无长短之分。　②昨暮：昨晚。鬼录：鬼名册。　③枯形：尸骨。空木：棺材。　④索：寻找。

在昔无酒饮，今但湛空觞①。
春醪生浮蚁，何时更能尝②。
肴案盈我前，亲旧哭我傍③。
欲语口无音，欲视眼无光。
昔在高堂寝，今宿荒草乡④。
一朝出门去，归来良未央⑤。

①湛（zhàn）：满。空觞：空酒杯。　②春醪（láo）：春天新酿之酒。浮蚁：酒上浮沫。　③肴（yáo）案：供桌上的盛满肉食之木盘。肴：肉食。案：食盘。盈：满。　④高堂：高大屋舍。荒草乡：荒草丛生之坟地。　⑤出门去：指出殡。良：的确诚然。未央：未尽。

荒草何茫茫，白杨亦萧萧①。
严霜九月中，送我出远郊②。
四面无人居，高坟正嶕峣③。
马为仰天鸣，风为自萧条。
幽室一已闭，千年不复朝④。
千年不复朝，贤达无奈何⑤。
向来相送人，各已归其家⑥。
亲戚或余悲，他人亦已歌。
死去何所道，托体同山阿⑦。

①萧萧：风吹树木声。　②出远郊：出殡送葬。　③嶕峣（jiāo yáo）：高耸貌。　④幽室：墓穴。不复朝：不再见到白日。朝：早晨，天亮。　⑤贤达：有道德学问之人。　⑥向：刚才。　⑦托体：寄身。山阿（ē）：山丘。

桃花源诗[①]

赢氏乱天纪，贤者避其世[②]。
黄绮之商山，伊人亦云逝[③]。
往迹浸复湮，来径遂芜废[④]。
相命肆农耕，日入从所憩[⑤]。
桑竹垂余荫，菽稷随时艺[⑥]。
春蚕收长丝，秋熟靡王税[⑦]。
荒路暧交通，鸡犬互鸣吠[⑧]。
俎豆犹古法，衣裳无新制[⑨]。
童孺纵行歌，斑白欢游诣[⑩]。
草荣识节和，木衰知风厉[⑪]。
虽无纪历志，四时自成岁[⑫]。
怡然有余乐，于何劳智慧[⑬]？
奇踪隐五百，一朝敞神界[⑭]。
淳薄既异源，旋复还幽蔽[⑮]。
借问游方士，焉测尘嚣外[⑯]。
愿言蹑轻风，高举寻吾契[⑰]。

---

①原有记一篇，已选入本丛书《汉魏六朝文》，不录。

②嬴氏：嬴政，即秦始皇。天纪：日月星辰历数，此指正常社会秩序。　③黄绮：夏黄公与绮里季。此指商山四皓。见《赠羊长史》注⑨。之：到，往。伊人：那些。此指桃花源中人。云：语助词。逝：去，逃离。　④往迹：去路，此指桃花源中人避乱之踪迹。浸：淹没，废弃。湮（yān）：淹没，埋没。来径：来路。⑤相命：相呼。肆：致力。从所憩：回家休息。　⑥菽：豆类；稷：谷类。艺：种植。　⑦靡：无。　⑧暧（ài）：昏暗不明，隐蔽。交通：行走，往来。　⑨俎（zǔ）豆：古代祭祀所用礼器，此指祭祀仪式。新制：新式样。　⑩童孺：儿童。行歌：边走边唱。斑白：老人。游诣：游玩。诣：往，至。　⑪节和：季节暖和，意谓春天。木衰：草木凋零。风厉：风声凄厉，意谓秋天。⑫纪历志：历书。四时：四季。　⑬余乐：不尽之快乐。于何劳智慧：意谓智慧或心机无处可用也。　⑭奇踪：奇异之踪迹，此指桃源人之踪迹。五百：自秦至晋五百余年。敞：敞开。神界：神仙般世界。　⑮淳：桃源淳朴之风。薄：世间浮薄之风。异源：根源不同。旋：随即。复：又。还幽蔽：回到隐蔽状态。　⑯游方士：游于方内之士，即世俗之人。《庄子·大宗师》："孔子曰：'彼，游方之外者也；而丘，游方之内者也。'"焉测：如何推知。尘嚣：尘世。　⑰言：语助词。蹑：踩，踏。高举：高飞。契：契合，投合，志同道合之人。

咏贫士七首

万族各有托，孤云独无依①。
暧暧空中灭，何时见余晖②？
朝霞开宿雾，众鸟相与飞③。
迟迟出林翮，未夕复来归④。
量力守故辙，岂不寒与饥⑤？
知音苟不存，已矣何所悲⑥。

---

①万族：万物。族：品类。托：依托，依靠。孤云：喻高洁之贫士。 ②暧暧：昏暗貌。余晖：残存之光影。 ③宿雾：夜雾。相与：结伴。 ④翮（hé）：鸟翅，此指孤鸟，喻贫士。未夕复来归：天未黑即飞回来。 ⑤守故辙：坚持走旧道。 ⑥已矣：犹罢了。

凄厉岁云暮，拥褐曝前轩①。
南圃无遗秀，枯条盈北园②。
倾壶绝余沥，窥灶不见烟③。
诗书塞座外，日昃不遑研④。
闲居非陈厄，窃有愠见言⑤。
何以慰吾怀？赖古多此贤⑥。

①凄厉：凄凉寒冷。云：语助词。岁云暮：岁暮，年终。拥褐（hè）：身着粗布短衣。曝（pù）：晒。轩：有窗之长廊或小室。②圃：菜园。秀：草木之花，此指菜苗。盈：满。 ③余沥：剩余之酒。沥：滤过之清酒。《史记·滑稽列传》："侍酒于前，时赐余沥。" ④昃（zè）：太阳西斜。遑（huáng）：闲暇。研：研读。 ⑤陈厄：孔子陈国受困。《论语·卫灵公》：孔子"在陈绝粮，从者病，莫能兴。子路愠见曰：'君子亦有穷乎？'子曰：'君子固穷，小人穷斯滥矣。"厄：困苦，危难。窃：私下。愠（yùn）：含怒，怨恨。 ⑥贤：贤士，此指安贫乐道之古代贫士。

荣叟老带索，欣然方弹琴①。
原生纳决履，清歌畅商音②。
重华去我久，贫士世相寻③。
弊襟不掩肘，藜羹常乏斟④。
岂忘袭轻裘，苟得非所钦⑤。
赐也徒能辩，乃不见吾心⑥。

①荣叟：荣启期，春秋时隐士。老：年老。带索：以绳索为衣带。见《饮酒二十首》其二、其十一注。 ②原生：原宪，孔子弟子。《韩诗外传》："原宪居鲁，环堵之室，茨以蒿莱，蓬户瓮牖，桷桑而无枢，上漏下湿，匡坐而弦歌。子贡乘肥马，衣轻裘，

中绀而表素，轩不容巷，而往见之。原宪楮冠黎杖而应门，正冠则缨绝，振襟则肘见，纳履则踵决。子贡曰：‘嘻！先生何病也！’原宪仰而应之曰：‘宪闻之：无财之谓贫，学而不能行之谓病。宪贫也，非病也。若夫希世而行，比周而友，学以为人，教以为己，仁义之匿，车马之饰，衣裘之丽，宪不忍为之也。’子贡逡巡，面有惭色，不辞而去。原宪乃徐步曳杖，歌商颂而反，声沦于天地，如出金石。”纳：穿。决履：坏裂之鞋。畅：响亮。商音：原宪所唱《商颂》之曲。　③重华：舜之名。《庄子·秋水》：“当尧舜而天下无穷人。”去：离。世：世代。寻：连续。　④弊襟：破衣。藜（lí）羹：野菜汤。藜：植物名。一年生草本，亦称“灰菜”，嫩叶可食。糂：通“糁”（sǎn），米粒。　⑤袭：穿。轻裘：轻暖之皮衣。苟得：不义而得。钦：恭敬，羡慕。⑥赐：端木赐，字子贡，孔子弟子，善辩。《史记·仲尼弟子列传》：“子贡利口巧辞，孔子常黜其辩。”乃不见吾心：意谓自己隐居不仕的决心是不可以为劝说所动摇的。

安贫守贱者，自古有黔娄①。
好爵吾不荣，厚馈吾不酬②。
一旦寿命尽，蔽服仍不周③。
岂不知其极？非道故无忧④。
从来将千载，未复见斯俦⑤。
朝与仁义生，夕死复何求⑥？

①黔娄：战国时齐国隐士。齐、鲁国君请其出来做官，坚辞不就。家中甚贫，死时衾不蔽体。其妻与他一样“乐贫行道”。见刘向《列女传》、皇甫谧《高士传》。　②好爵：高官。荣，一本作“萦”。馈（kuì）：赠。酬：答，应对。《高士传》载：黔娄“修身清洁，不求进于诸侯，鲁恭公闻其贤，遣使致礼，赐粟三千钟，欲以为相，辞不受。齐王又礼之，以黄金百斤聘为卿，又不就。”　③蔽服仍不周：破衣被盖不住尸身。《列女传·黔娄妻传》：黔娄死，“曾子与门人往吊之。其妻出户，曾子吊之。上堂，见先生之尸在牖下，枕墼席槁，缊袍不表。覆以布被，手足不尽敛，覆头则足见，覆足则头见。”　④极：穷困之极。非道故无忧：与道无关之事不值得忧虑。《论语·卫灵公》：“君子忧道不忧贫。”　⑤从来：从此以后，指自黔娄死后。斯俦：这等人物。　⑥《论语·里仁》：“朝闻道，夕死可矣。”

袁安困积雪，邈然不可干①。
阮公见钱入，即日弃其官②。
刍藁有常温，采莒足朝飡③。
岂不实辛苦？所惧非饥寒。
贫富常交战，道胜无戚颜④。
至德冠邦闾，清节映西关⑤。

①袁安：字邵公，后汉汝南汝阳（今河南商水）人。《汝南先

贤传》载，袁安客居洛阳，时大雪，“洛阳令自出案行，见人家皆除雪出，有乞食者。至袁安门，无有行路。谓安已死，令人除雪入户，见安僵卧。问何以不出。安曰：‘大雪人皆饿，不宜干人。’令以为贤，举为孝廉也。”邈然：高远貌。干：冒犯。 ②阮公：其人其事未详。 ③刍藁（chú gǎo）：喂牲口之干草。莒（jǔ）：芋头。飡：同“餐”。 ④贫富常交战：安贫与求富两种思想在内心产生斗争。《韩非子》：“子夏曰：‘吾入见先王之义，出见富贵，二者交战于胸，故臞（qú，瘦）；今见先王之义战胜，故肥也。”道胜：道义取胜。戚：忧愁。 ⑤至德：至高之品德。冠邦闾：名冠家乡。邦：国。闾：古代二十五家为一闾，泛指乡里。清节：清高之节操。西关：或指阮公故里。

仲蔚爱穷居，绕宅生蒿蓬①。
翳然绝交游，赋诗颇能工②。
举世无知者，止有一刘龚③。
此士胡独然？实由罕所同④。
介焉安其业，所乐非穷通⑤。
人事固以拙，聊得长相从⑥。

①仲蔚：张仲蔚，东汉平陵（今陕西咸阳）人。《高士传》谓其“隐身不仕，善属文，好诗赋。常居穷素，所处蓬蒿没人。闭门养性，不治荣名。时人莫识，唯刘龚知之”。 ②翳然：隐蔽貌。 ③刘龚：字孟公，刘歆之侄，与仲蔚友善。 ④此士：

即张仲蔚。胡：何，为什么。　⑤介：耿介，耿直。业：此指兴趣志向。所乐非穷通：不以穷通为意。《庄子·让王》："古之得道者，穷亦乐，通亦乐，所乐非穷通也。"　⑥人事：世俗交往。固：本来。相从：意谓追随张仲蔚。

昔在黄子廉，弹冠佐名州①。
一朝辞吏归，清贫略难俦②。
年饥感仁妻，泣涕向我流③。
丈夫虽有志，固为儿女忧④。
惠孙一晤叹，腆赠竟莫酬⑤。
谁云固穷难？邈哉此前修⑥。

---

①黄子廉：《三国志·黄盖传》注引《吴书》："黄盖乃故南阳太守黄子廉之后也。"王应麟《困学纪闻》引《风俗通》："颖水黄子廉每饮马，辄投钱于水，其清可见矣。"弹冠：弹去帽上灰尘，比喻准备出仕。《汉书·王吉传》："吉与贡禹为友，世称王阳在位，贡公弹冠，言其取舍同也。"意谓王、贡二人友善，王吉做官，贡禹亦准备出仕。佐：辅治。　②难俦：难比，难等同。③仁妻：贤慧之妻。　④此二句仁妻之言也。　⑤惠孙：人名，其事未详，当与黄子廉为同时人。晤：会面，相遇。腆（tiǎn）：丰厚。莫酬：不接受。　⑥前修：前代贤士。

咏二疏[1]

大象转四时，功成者自去[2]。
借问衰周来，几人得其趣[3]？
游目汉廷中，二疏复此举。
高啸返旧居，长揖储君傅[4]。
饯送倾皇朝，华轩盈道路[5]。
离别情所悲，余荣何足顾[6]。
事胜感行人，贤哉岂常誉[7]。
厌厌闾里欢，所营非近务[8]。
促席延故老，挥觞道平素[9]。
问金终寄心，清言晓未悟[10]。
放意乐余年，遑恤身后虑[11]。
谁云其人亡，久而道弥著[12]。

---

①二疏：西汉疏广、疏受叔侄，东海兰陵（今山东枣庄）人。《汉书·疏广传》载：疏广字仲翁，宣帝时为太子太傅，兄子受为太子少傅，任职五年。广谓受曰："吾闻'知足不辱，知止不殆'，'功遂身退，天之道'也。今仕至二千石，宦成名立，如此不去，惧有后悔，岂如父子归老故乡，以寿命终，不亦善乎?"二人遂辞职还乡。当离去时，公卿大夫等送行者车百辆，观者皆曰：

“贤哉二大夫。”皇帝和太子亦赐与很多财物，二疏还乡后，便以赐金日与亲友宾客宴饮共乐，而不留金为子孙置办房屋田产。

②大象：天，天道，大自然。《老子》：“大象无形。”又：“执大象。”王弼注：“大象，天象之母也。”河上公注：“象，道也。”转：运行。 ③衰周来：自东周以来。趣：旨趣，意旨。④高啸：犹高歌，形容自由自在，无拘无束。长揖：古代礼节，表辞谢等。储君傅：太子太傅少傅之职。储君：太子。 ⑤饯（jiàn）行：以酒食送行。华轩：华贵之轻车。 ⑥余荣：多余之荣耀。 ⑦胜：盛大，佳妙。贤哉岂常誉：《汉书·疏广传》：“观者皆曰：‘贤哉二大夫！’”常：普通，一般。 ⑧厌厌：安逸、安祥貌。《诗·小雅·湛露》：“厌厌夜饮。”毛传：“厌厌，安也。”闾里：乡里。近务：眼前平凡之事。 ⑨促席：接席，座位靠近。延：邀请。挥觞：举杯。平素：往日之事。 ⑩问金终寄心：疏广子孙托人问疏广，他们关心者乃是疏广留有多少钱财为后人置办房舍田产。参见《杂诗十二首》其六注⑦。清言：明澈通达之言。晓未悟：晓谕不明白之人。 ⑪放意：纵情。余年：晚年。遑：闲暇。恤：忧虑。《诗·邶风·谷风》：“遑恤我后。”笺：“遑，暇也。恤，忧也。” ⑫其人：此指二疏。弥：更加。著：显著，昭著。

咏三良①

弹冠乘通津，但惧时我遗②。

服勤尽岁月，常恐功愈微③。
忠情谬获露，遂为君所私④。
出则陪文舆，入必侍丹帷⑤。
箴规响已从，计议初无亏⑥。
一朝长逝后，愿言同此归⑦。
厚恩固难忘，君命安可违。
临穴罔惟疑，投义志攸希⑧。
荆棘笼高坟，黄鸟声正悲⑨。
良人不可赎，泫然沾我衣⑩。

---

①三良，春秋时秦国子车氏三子奄息、仲行、鍼（zhēn）虎。他们三人都是杰出的人才，是秦穆公的宠臣。穆公死，三人遵穆公遗嘱为之殉葬。《左传·文公六年》："秦伯任好卒，以子车氏之三子奄息、仲行、鍼虎为殉，皆秦之良也。国人哀之，为之赋《黄鸟》。" ②弹冠：言出仕为官。见《咏贫士七首》其七注①。乘：登，升。通津：交通要道，此指宦途。时我遗："时遗我"倒装，时不我待之意。 ③服勤：犹言服侍、效劳。《礼记·檀弓上》："服勤至死。"孔颖达疏："服勤者，谓服持勤苦劳辱之事。"尽岁月：一年到头。 ④谬：妄，自谦之词。获露：得到表现。私：亲近，宠爱。 ⑤文舆：华美之车。此指穆公所乘之车。丹帷：红色帷幕。此指穆公寝居之所。 ⑥箴（zhēn）规：规谏劝戒。响已从：一进言即听从。初无：犹本无。亏：缺，欠缺。 ⑦同此归：一道去死。《史记正义》引应劭曰："秦穆公

与群臣饮，酒酣，公曰：‘生共此乐，死共此哀。’于是奄息、仲行、铖虎许诺。及公薨（hōng），皆从死。” ⑧临穴：面对坟墓。罔（wǎng）：无。疑：犹疑，犹豫。《诗·秦风·黄鸟》：“临其穴，惴惴其栗。”投义：献身于大义。攸希：所希，所愿。⑨《诗·秦风·黄鸟》：“交交黄鸟，止于棘。谁从穆公？子车奄息。维此奄息，百夫之特。临其穴，惴惴其栗。彼苍天者，歼我良人！如可赎兮，人百其身！”交交：黄鸟悲鸣声。 ⑩赎：挽救，赎回。见上引《诗经》。泫（xuàn）然：伤心流泪貌。

咏荆轲①

燕丹善养士，志在报强嬴②。
招集百夫良，岁暮得荆卿③。
君子死知己，提剑出燕京④。
素骥鸣广陌，慷慨送我行⑤。
雄发指危冠，猛气冲长缨⑥。
饮饯易水上，四座列群英⑦。
渐离击悲筑，宋意唱高声⑧。
萧萧哀风逝，淡淡寒波生⑨。
商音更流涕，羽奏壮士惊⑩。
公知去不归，且有后世名⑪。
登车何时顾，飞盖入秦庭⑫。

凌厉越万里，逶迤过千城⑬。

图穷事自至，豪主正怔营⑭。

惜哉剑术疏，奇功遂不成⑮！

其人虽已没，千载有余情⑯。

---

①荆轲：战国时卫人，著名刺客，有荆柯刺秦王、图穷匕首现之典，事见《战国策·燕策三》及《史记·刺客列传》。　②燕丹：战国时燕国太子，名丹。善：优待。士：门客。报：报复，报仇。强嬴：强秦。秦王姓嬴。　③百夫良：百里挑一之勇士。荆卿：荆轲。　④死知己：为知己而死。燕京：燕国都城，在今北京。　⑤素骥：白色骏马。广陌：大路。　⑥雄发指危冠：怒发冲冠貌。危冠：高冠。缨：系冠之带。　⑦饮饯：饮酒送别。易水：水名，在今河北境内。　⑧渐离：高渐离，燕国人，与荆轲友善，擅长击筑。《史记·刺客列传》："荆轲嗜酒，日与狗屠及高渐离饮于燕市，酒酣以往，高渐离击筑，荆轲和而歌于市中，相乐也，已而相泣，旁若无人者。"筑：古击弦乐器，形似筝。宋意：当为燕太子丹所养之士。《淮南子·泰族训》："荆轲西刺秦王，高渐离、宋意为击筑而歌于易水之上。"　⑨萧萧：风声。淡淡：水波涌动貌。《战国策·燕策三》载荆轲临行时歌曰："风萧萧兮易水寒，壮士一去兮不复还。"　⑩商音：古代乐调分宫、商、角、徵（zhǐ）、羽五声音阶，商即五音之一，其声凄凉。羽：亦古乐五音之一，其声悲壮激越。《战国策·燕策三》："至易水上，既祖，取道。高渐离击筑，荆轲和而歌，为变徵之声，士皆垂泪涕泣……复为羽声慷慨，士皆瞋目，发尽上指冠。"

⑪公知：明知。 ⑫顾：回头看。《战国策·燕策三》：“于是荆轲就车而去，终已不顾。”飞盖：车行迅速。盖：车盖，代指车。 ⑬凌厉：奋勇直前貌。逶迤：曲折前行貌。 ⑭图穷：地图展开至尽头。《史记·刺客列传》：“荆轲取图奏之，秦王发图，图穷而匕首见。”事：行刺之事。豪主：指秦王嬴政。怔营：惊恐貌。 ⑮剑术疏：剑术不精。荆轲刺秦王失败，被杀。《史记·刺客列传》：“鲁勾践已闻荆轲之刺秦王，私曰：‘嗟乎，惜哉其不讲于刺剑之术也！” ⑯其人：指荆轲。没：死。

读《山海经》十三首

孟夏草木长，绕屋树扶疏①。
众鸟欣有托，吾亦爱吾庐。
既耕亦已种，时还读我书。
穷巷隔深辙，颇回故人车②。
欢然酌春酒，摘我园中蔬。
微雨从东来，好风与之俱。
泛览周王传，流观山海图③。
俯仰终宇宙，不乐复何如④？

---

①孟夏：初夏，农历四月。扶疏：枝叶繁盛貌。 ②隔深辙：意谓距离大路很远。辙：车迹，代指大路。颇回故人车：连故人车子也掉头回去，意谓少有故人来往。回：回转，掉转。 ③泛

览：泛泛浏览。周王传：即《穆天子传》。流观：意同泛览。山海图：即《山海经图》。　④俯仰：俯仰之间，谓时间很短。终宇宙：遍识宇宙之事。

玉台凌霞秀，王母怡妙颜①。
天地共俱生，不知几何年②。
灵化无穷已，馆宇非一山③。
高酣发新谣，宁效俗中言④！

---

①玉台：西王母居处。《山海经·西山经》："又西三百五十里，曰玉山，是西王母所居也。"凌霞：高出云霞之上。怡：安适愉快。妙颜：神仙姿貌，美容貌。　②天地共俱生：谓王母与天地同生。几何年：多少岁。　③灵化：神灵变化。馆宇非一山：《山海经》之《西山经》谓西王母居玉山；《大荒西经》谓西王母"处昆仑之丘"，郭璞注："王母亦自有离宫别馆，不专住一山也。"《穆天子传》谓西王母居于弇（yǎn）山，故曰"馆宇非一山"。　④高酣：高会酣饮。发新谣：《穆天子传》载西王母为周穆王作谣云："白云在天，丘陵自出。道里悠远，山川间之。将子无死，尚复能来。"俗中言：凡俗之言。

迢递槐江岭，是谓玄圃丘①。
西南望昆墟，光气难与俦②。
亭亭明玕照，落落清瑶流③。

恨不及周穆，托乘一来游④。

①迢递（tiáo dì）：高远貌。槐江岭：即槐江之山。《山海经·西山经》："槐江之山……多藏琅玕黄金玉，其阳多丹粟。其阴多采黄金银。实惟帝之平圃，神英招司之。爰有瑶水，其清洛洛。"玄圃：即平圃。 ②昆墟：即昆仑山。《山海经·西山经》："南望昆仑，其光熊熊，其气魂魂。"俦：相比。 ③亭亭：高耸貌。玕（gān）：琅玕树，即珠树。 ④周穆：周穆王。《穆天子传》言其驾八骏游于玄圃。托乘：犹今言"搭车"。

丹木生何许？乃在峚山阳①，
黄花复朱实，食之寿命长。
白玉凝素液，瑾瑜发奇光②。
岂伊君子宝，见重我轩黄③。

①丹木：《山海经·西山经》："又西北四百二十里，曰峚（mì）山，其上多丹木，员叶而赤茎，黄华而赤实，其味如饴，食之不饥。丹水出焉，西流注于稷泽，其中多白玉，是有玉膏，其原沸沸汤汤，黄帝是食是飨。是生玄玉，玉膏所出，以灌丹木。丹木五岁，五色乃清，五味乃馨。黄帝乃取峚山之玉荣，而投之钟山之阳。瑾瑜之玉为良，坚栗精密，浊泽而有光。五色发作，以和柔刚。天地鬼神，是食是飨，君子服之，以御不祥。"峚，一作"密"。山阳：山南。 ②瑾瑜：皆美玉。 ③伊：彼。君子

宝：即上引“君子服之，以御不祥”之意。见重：被重视。轩黄：黄帝轩辕氏。

翩翩三青鸟，毛色奇可怜①。
朝为王母使，暮归三危山②。
我欲因此鸟，具向王母言③：
在世无所须，唯酒与长年④。

---

①三青鸟：《山海经·西山经》：“三危之山，三青鸟居之。”又《海内北经》：“其南有三青鸟，为西王母取食，在昆仑墟北”。奇可怜：甚可爱。 ②王母使：西王母之信使。后世因称传信使者为青鸟。 ③因：依靠，凭借。具：通“俱”。④须：通“需”，需要。长年：长寿。

逍遥芜皋上，杳然望扶木①。
洪柯百万寻，森散覆旸谷②。
灵人侍丹池，朝朝为日浴③。
神景一登天，何幽不见烛④。

---

①芜皋：即无皋。《山海经·东山经》：“无皋之山，南望幼海，东望榑（fú）木。”杳然：遥远貌。扶木：即榑木，亦作“扶桑”或“榑桑”神话中树木名。《山海经·大荒东经》：“汤谷上有扶木，一日方至，一日方出，皆载于乌。”《山海经·海外东

经》：“汤谷上有扶桑，十日所浴。”郭璞注：“扶桑，木也。”②洪柯：大树枝。寻：古代长度单位，八尺为一寻。森散：枝叶四布貌。旸（yáng）谷：即“汤（yáng）谷”。《淮南子·天文训》：“日出于旸谷，浴于咸池，拂于扶桑，是谓晨明。”《说文》：“旸，日出也。”　③灵人：羲和。《山海经·大荒南经》：“东南海之外，甘水之间，有羲和之国，有女子名曰羲和，方日浴于甘渊。羲和者，帝俊之妻，生十日。”丹池：即甘渊或咸池。　④神景：日光。幽：幽暗之处。烛：照亮。

粲粲三珠树，寄生赤水阴①。
亭亭凌风桂，八干共成林②。
灵凤抚云舞，神鸾调玉音③。
虽非世上宝，爰得王母心④。

---

①粲粲：光彩鲜艳貌。三珠树：《山海经·海外南经》：“三珠树在厌火北，生赤水上。其为树如柏，叶皆为珠。”赤水阴：赤水南岸。　②凌风：迎风。八干：八株桂树。《山海经·海内南经》：“桂林八树，在番隅东。”郭璞注：“八树而成林，言其大也。”　③抚云舞：云中起舞。鸾（luán）：传说中凤凰一类神鸟。玉音：悦耳之音。《山海经·海外西经》：“爰有歌舞之鸟，鸾鸟自歌，凤鸟自舞。”　④爰：乃。

自古皆有没，何人得灵长①？
不死复不老，万岁如平常。
赤泉给我饮，员丘足我粮②。
方与三辰游，寿考岂渠央③。

①没（mò）：通“殁”，死亡。灵：祐，福。长：长寿。②《山海经·海外南经》交胫国：“不死民在其东，其为人黑色，寿，不死。”郭璞注：“有员丘山，上有不死树，食之乃寿。亦有赤泉，饮之不老。” ③三辰：日、月、星。考：老。渠：同“遽”，忽然，马上。央：尽，此指死亡。

夸父诞宏志，乃与日竞走①。
俱至虞渊下，似若无胜负②。
神力既殊妙，倾河焉足有③。
余迹寄邓林，功竟在身后④。

①夸父：传说中神人名。《山海经·海外北经》：“夸父与日逐走，入日，渴欲得饮，饮于河渭，河渭不足，北饮大泽。未至，道渴而死。弃其杖，化为邓林。”诞：放纵，夸张。乃：竟然。②虞渊：传说中日落处。《山海经·大荒北经》：“夸父不量力，欲追日景，逮之于禺谷。将饮河而不足也，将走大泽，未至，死于此。”郭璞注：“禺渊，日所入也，今作虞。” ③殊妙：非凡，奇妙。焉足有：何足之有，即不足。 ④余迹：遗迹。寄：

寄留，留存。

精卫衔微木，将以填沧海①。
刑天舞干戚，猛志故常在②。
同物既无虑，化去不复悔③。
徒设在昔心，良辰讵可待④。

①精卫：神话中鸟名。《山海经·北山经》："发鸠之山，其上多柘木，有鸟焉，其状如乌，文首，白喙，赤足，名曰精卫，其名自詨。是炎帝之少女，名曰女娃。女娃游于东海，溺而不返，故为精卫。常衔西山之木石，以堙于东海。" ②刑天舞干戚：一作"形夭无干戚"。刑天：神名。干：盾。戚：斧。《山海经·海外西经》："刑天与帝至此争神，帝断其首，葬之常羊之山。乃以乳为目，以脐为口，操干戚以舞。" ③同物：同化于物，即死亡。无虑：无须挂怀。化去：死亡。 ④徒设：空有。昔心：往日之雄心。良辰：良机。讵：岂。

巨危肆威暴，钦駓违帝旨①。
窫窳强能变，祖江遂独死②。
明明上天鉴，为恶不可履③。
长枯固已剧，鵕鹗岂足恃④。

①巨危肆威暴：《山海经·海内西经》："贰负（古天神，人

面蛇身）之臣曰危，危与贰负杀窫窳。帝乃梏之疏属之山，桎其右足，反缚两手与发，系之山上木。”钦䲹（pī）违帝旨：《山海经·西山经》：“又西北四百二十里曰钟山。其子曰鼓，其状如人面而龙身，是与钦䲹（按，䲹，一作“䲹”）杀葆江于昆仑之阳，帝乃戮之钟山之东曰䍃崖。钦䲹化为大鹗，其状如雕而黑文白首，赤喙而虎爪，其音如晨鹄，见则有大兵。鼓亦化为鵕鸟，其状如鸱，赤足而直喙，黄文而白首，其音如鹄，见即其邑大旱。” ②窫窳（yà yǔ）：《山海经·北山经》：“又北二百里，曰少咸之山，无草木，多青碧。有兽焉，其状如牛而赤身，人面马足，名曰窫窳，其音如婴儿，是食人。”又《海内南经》：“窫窳，龙首，居弱水中……其状如龙首，食人。”郭璞注：“窫窳，本蛇身人面，为贰负臣所杀，复化而成此物也。” ③鉴：照，审察。履：行。④枯：指臣危被梏。固已剧：本来就已痛苦。剧：痛苦。鵕（jùn）鹗：鼓和钦䲹死后化为鵕鹗。恃：凭仗。

鸱鴸见城邑，其国有放士①。
念彼怀王世，当时数来止②。
青丘有奇鸟，自言独见尔③。
本为迷者生，不以喻君子④。

---

①鸱鴸（chī zhū）：《山海经·南山经》：柜山“有鸟焉，其状如鸱而人手，其音如痺，其名曰鴸，其名自号也，见则其县多放士。”见（xiàn）：出现。放士：被放逐之贤士。 ②怀王：楚怀

王，战国时楚国君主。屈原即在怀王时被放逐。数来止：多次飞来栖息。　③青丘有奇鸟：《山海经·南山经》："青丘之山……有鸟焉，其状如鸠，其音若呵，名曰灌灌，佩之不惑。"自言独见尔：谓灌灌鸟独自出现为人所不知。　④此二句谓灌灌鸟本为迷者所生，不必以其晓喻明达之人。

岩岩显朝市，帝者慎用才①。
何以废共鲧，重华为之来②？
仲父献诚言，姜公乃见猜③。
临没告饥渴，当复何及哉④！

---

①岩岩：高峻貌，此指显赫大臣。《诗·小雅·节南山》："节彼南山，维石岩岩。赫赫伊师，民具尔瞻。"显朝市：在朝廷中显露头角。　②废：因不贤而被废弃处置。共鲧（gǔn）：共工、鲧，皆帝尧之臣。重华：虞舜名。　③仲父：管仲。齐桓公尊称管仲为仲父。姜公：齐桓公，齐为姜姓。见猜：被猜疑。《韩非子·十过》《史记·齐太公世家》等载，管仲命危时，齐桓公问以国政，管仲谓易牙、开方、竖刁三人不可重用。管仲死后，桓公未听其言，结果三人专权。　④《史记·齐太公世家》载，齐桓公病重，竖刁等三人作乱，桓公被禁闭，终以饥渴而死。当复何及哉：意谓后悔莫及。

形影神并序[1]

贵贱贤愚，莫不营营以惜生②，斯甚惑焉③。故极陈形影之苦④，言神辨自然以释之⑤。好事君子⑥，共取其心焉⑦。

形赠影

天地长不没，山川无改时⑧。
草木得常理，霜露荣悴之⑨。
谓人最灵智，独复不如兹⑩。
适见在世中，奄去靡归期⑪。
奚觉无一人，亲识岂相思⑫？
但余平生物，举目情凄洏⑬。
我无腾化术，必尔不复疑⑭。
愿君取吾言，得酒莫苟辞⑮。

---

①形影神：分别指人之形体、身影、精神。　②营营：往来貌，此指忙碌奔波。惜生：爱惜生命。　③斯：这，指如此之生活态度。惑：迷乱，糊涂。　④极陈：详尽陈说。　⑤辨：辨析。自然：自然之道。释：开释，排遣。　⑥好事君子：关心此事之人。　⑦取：采纳，接受。其心：其内在道理。　⑧没：灭，消亡。无改时：永恒不变。　⑨常理：自然之道，规律。荣：开花。悴：衰落，枯萎。　⑩谓人最灵智：意谓人为万物之

灵。灵智：聪明睿智。复：副词，表加强语气。不如兹：不如草木之得常理也。⑪适：刚才。奄去：忽然逝去。奄：忽然。靡：无。⑫奚：何，怎么。无一人：失去一人。亲识：亲故、旧识。岂：副词，表推测，犹言“是否”。⑬平生物：生前所用之物。洏（ér）：流泪貌。⑭腾化术：成仙升天之法术。尔：那样，指死去。⑮君：形谓影也。苟：苟且，随便。

影答形

存生不可言，卫生每苦拙①。
诚愿游昆华，邈然兹道绝②。
与子相遇来，未尝异悲悦③。
憩荫若暂乖，止日终不别④。
此同既难常，黯尔俱时灭⑤。
身没名亦尽，念之五情热⑥。
立善有遗爱，胡为不自竭⑦？
酒云能消忧，方此讵不劣⑧。

---

①存生：保存生命，长生不死。《庄子·达生》：“世之人以为养形足以存生，而养形果不足以存生，则世奚足为哉！”卫生：卫护生命，健康长寿。拙：愚笨，无良策。②昆华：昆仑山与华山，传说皆神仙所居之地。邈然：渺茫。兹道：求仙之道。③子：你，指“形”。异悲悦：有悲喜之不同，意谓形悲影亦悲，形喜影亦喜。④憩（qì）荫：休息于树阴之下。乖：分离。止

日：停留于阳光之下。　⑤此同：此指形影不离。黯尔：黯然。俱时灭：同时消亡。　⑥五情：《文选·曹植〈上责躬应诏诗表〉》："形影相吊，五情愧赧。"刘良注："五情，喜怒哀乐怨。"亦泛指人之情感。　⑦立善：古人有立德、立功、立言三不朽之说，三不朽谓之立善。遗爱：留与后世之恩惠。胡为：为何。竭：尽，努力。　⑧方此：与此相比。讵（jù）：岂。

神　释

大钧无私力，万物自森著①。
人为三才中，岂不以我故②。
与君虽异物，生而相依附③。
结托善恶同，安得不相语④：
三皇大圣人，今复在何处⑤？
彭祖寿永年，欲留不得住⑥。
老少同一死，贤愚无复数⑦。
日醉或能忘，将非促龄具⑧？
立善常所欣，谁当为汝誉⑨？
甚念伤吾生，正宜委运去⑩。
纵浪大化中，不喜亦不惧⑪。
应尽便须尽，无复独多虑⑫！

---

①大钧：犹言造化，陶人为圆器，其转轮曰钧。言天造万物，如陶之在钧也。无私力：谓不私其力也。森：盛也。著：形著也。

言万物森然形著也。　②三才：亦作“三材”，即天、地、人。《周易·系辞下》：“有天道焉，有人道焉，有地道焉，兼三材而两之。”我：神自谓。　③君：你们，指形和影。　④结托：结交依托，此谓相互依托，共同生存。相语：与君解释。　⑤三皇：传说中上古圣王，具体所指说法不一。有天皇、地皇、人皇（泰皇）之说；有燧人、伏羲、神农之说；有伏羲、神农、黄帝之说等等。　⑥彭祖：传说中长寿者，寿至八百岁。永年：长寿。留：留在人间，不死。　⑦复：再。数：气数，命运。此二句意谓寿长、寿短同是一死，贤人、愚人并无两种定数。　⑧日：每天。忘：忘记对死亡之担扰。将非：岂非。促龄：促使人寿短。具：器具，东西。　⑨当：会，该。为汝誉：称赞你。　⑩甚念：过多考虑。宜：应当。委运：顺随天运。　⑪纵浪：放浪。大化：自然。　⑫尽：大化之尽，即死亡。